林真理子

四《し》十《じゅう》雀《から》、跳べ！

光文社

はじめに

二〇二二年七月に日本大学の理事長に就任しました。「68歳という年齢で、どうして、今から畑違いの理事長を？」とよく聞かれます。でも日大アメフト部の問題が世間で取り沙汰されたときから、母校はこのままではだめだと思っていましたし、週刊文春にもそのことを書きました。また、「エンジン01（ゼロワン）」という教育分野のボランティアで二十年以上活動していて、現在、幹事長を務めていることや、日本文藝家協会の理事長をやっていることもあり、多少リーダーの心得もあったので、お声がけいただいたのかもしれません。そこで、守りの姿勢になりがちな年齢ですが、思い切ってお引き受けしました。やるからには、私のチャレンジにつき合わされる学生たちに「魅力的な日大になった」と思ってもらえるよう、全力で取り組むつもりです。

『ＳＴＯＲＹ』創刊当初と比べると、優秀な40代女性はものすごく増えました。名だたる企業で40代女性ＣＥＯが誕生していて、子育てをしながら仕事をしているのは、素晴らしいことです。でも、みんながみんなキャリアウーマンになる必要はありません。主婦が好きな方はそれでいい。ただ、「私も何かしなきゃ」と焦る気持ちがあるのなら、今が始めどき。何もできないと思っている方でも、得意分野のひとつやふたつはあるはずです。私の友人は、自分の子どもを通わせたい幼稚園がないからと、子育て経験を生かして幼稚園を造ってしまいました。ボランティアに参加したことがきっかけで、ＮＰＯを立ち上げた方も。

40代は忙しい時期ですが、別の世界を持つと視野がぐんと広がります。まずは、自分の得意や好きなことを見つけることが第一歩です。見回せば、何かを見つけるきっかけはいくらでもころがっています。

年齢的にはまだまだきれいで元気だけれど、体調にも体型にも少しずつ変化が出てきて、人生で初めて「揺らぎ」を感じる時期なのも40代。60代ともなれば、去年までお気に入りだったピンクのブラウスを着てみると、突然「イタい」って自分で感じてしまうなんて、日常茶飯事です。でも、大きな揺らぎを感じるようになって初めて、コーディネートを考えるようになりました。さらに、今日は会議のあとに会食があるな、などとTPOを考えたり、季節感を気にして色や服や小物の組み合わせを考えるようになったり、オシャレ力は上がったかもしれません。揺らぐのも悪いことばかりではないですね。

40代の方にモットーにしてほしいのは、「高いものほどどんどん使う」ということ。これは、テレビ番組で高嶋《たかしま》ちさ子《こ》さんがおっしゃっていたんですが、全く同感。クロコのバーキンだって、おそるおそる年に一回使うなんていうのは、本当にもったいない。40代になると、高価なものを身に着けても、嫌味にならないし、むしろ使えば使うほどその人になじんでいく。気分も上げてくれるのでどんどん使うべきです。

成長とは、人としてのキャパシティを広げること。40代は、まさに成長期です。60代の私ですら、この数年、人間の幅が広がったと感じます。仕事もボランティアも頑張り、娘は社会人になり、母を見送りました。おせっかいなたちで、ごたごたの仲裁に入ったり、縁談をまとめたり。そんな人生の小さなことを積み上げていくことで、人間力は上がるんです。

　私くらい、あれこれ首を突っ込んでいる人でも、まだ広い世界の１００分の１も知りません。外にはもっとずっと大きな世界が広がっています。それを知るためにも、いろんな人に出会ってください。

　40代は可能性マックスです。仕事だって遊びだって、結婚だって、出産だって、なんでもできる。まずは、なにか面白いことをしたいと思うことです。40代から小説を書き始めて成功した人はいくらでもいます。今からだって、弁護士でもエンジニアでもなんにでもなれる。学び直したい方には、日大の総合生涯学習センターや通信制の大学院をおすすめします（笑）。

　面白そうなことをしましょうよ。私もみなさんに負けないように、女学生がついてきてくれるような、日本一オシャレな理事長になりますよ。

装幀

鈴木千佳子

もくじ

第一章

一本の口紅が買えない女になってはいけない

オシャレは慣れるのがいちばんだけど、気持ちまでは慣らされないで

帽子はずっとあきらめていた。

なにしろ顔が大きく六頭身のうえに、後頭部がぐいと張り出している。サイズの合う帽子がないのだ。

毎年夏になると、デパートに必ず帽子のコーナーが出来る。手にとって眺めていると、

「お客さま、お試しくださいませ」

と店員さんが寄ってくる。

「いえ、その……私、頭が大きいので」

「サイズはいろいろございますよ」

と最初はにこやかな店員さんであるが、次第に顔がこわばってくる。どの帽子、どの帽子、入らないからである。

がっかりだ。私はどうしてもオシャレな夏の帽子が欲しかったのに……。

が、昨年のこと、ワイキキの大通りを歩いていたら、パナマの専門店を見つけた。男女兼用だから、私にぴったりのものもあった。

かなり高かったが手に入れた。とても嬉しかった。気分は萬田久子《まんだひさこ》さん。そう大人のファッショニスタ。

しかし写真で見ても鏡で見ても、まるでイカさない。あたり前だ。帽子は顔が小さくないと、まるで似合わないのだから。

しかし最近の若いコを見ていると、そうでもないということがわかってきた。二十歳《はたち》のコでも、顔の大きい人はいくらでもいる。しかしそういうコでも、帽子をちゃんと可愛くかぶっているのだ。

キャスケット、ベレー、パナマ、ボルサリーノ、若い女の子たちは帽子が大好きだ。本当によく着こなしている。

私は彼女たちを見ていてわかった。若いコたちは、帽子をまるで特別のことと考えていないのだ。

私のように、

「似合う帽子を。そしてオシャレになりたい」

と息巻いてはいない。ごくふつうのファッションアイテムとして帽子をかぶっているのである。〝気負い〟がまるでない。

私はこの〝気負い〟が、オシャレの大敵だということを知っている。たとえば『STORY』のグラビアに出てくるモデルさんを見るたび、私はいつかサングラスをこんなふうに使いたいと心に誓う。

なんて自然なんだ。

なんてカッコいいんだ。

ジャケットにパンツといういでたちも、サングラスがあるなしではまるで違う。

そしてモデルさんは、サングラス使いのプロたち。ふつうの人が、あんなことをしてもさまにならないことは知っているが、夏になるとついサングラスを買ってしまう私。セリーヌやジル・サンダー、プラダといったブランド品。これをかければ少しはファッショナブルになるような気がする。そしてそれをかけて家を出る。駅に着く。はたと私は迷う。

「これは電車の中でかけたままでいいのか、はずすべきなのか」

多くの人が言うであろう。

「サングラスはファッションなのだだから、はずさなくていいのよ」

しかし私はいじいじと迷う。

「サングラスかけて有名人気取り」

と人に言われたらどうしようかと考えてしまう。これは他の人にはわかってもらえないところだ。

そんなわけで、私は駅の改札口に着いたらサングラスをはずす。そして目的地に着いたらサングラスをかけるのだ。

帽子にしても、サングラスにしても、

「とにかく慣れることがいちばん」

と識者は言う。どんなときにも帽子やサングラスは身に着ける。最初は似合わなくてもとにかく身に着ける。するとだんだん意識しなくなってくる。そこからオシャレ度は、急にアップするのだという。

今私が必ず帽子とサングラスをする時は、洗たくものを干す時だ。日光から少しでも避《よ》けようとする。なんか悲しい。

ところでお嬢さんたちは、帽子が好きなゆえに、時々マナーミスをしている。映画館や劇場で、なかなか帽子をとらない女の子をよく見る。ひさしのある帽子だったりすると、こちらの方もドキドキする。やがて劇場の案内嬢が来て注意をする。注意されなくても帽子をとる人もいるが、それが直前ギリギリ。幕が開くわずかな時間、人々は舞台のカーテンを見て思いをはせる。しかしその間にも、暗い客席からスマホの画面が光っている。それと同じように、

「幕が開いたら、すぐに帽子をとるわよ。えぇ、とりゃいいんでしょう」

という居直り、私はどうしても好きになれない。

（二〇一九年七月号）

披露宴とは縁の遠くなった40代に、ドレス問題、勃発！

最近たて続けに披露宴に呼ばれた。

披露宴は久しぶりだ。なぜなら、私たちの世代で、結婚する人はほとんどいない。たまに再婚同士や、トシとった男性と中年の女性というカップルが出てくるが、こういう人たちはちょっとしたパーティーで済ませることが多く、披露宴とは違うかも。

これは全くの余談であるが、つい最近友人が、出席した同性婚の写真をスマホに送ってくれた。中年のインテリ男性と、美しい青年とのカップルはまるで違和感がなかった。皆の前でキスするさまも絵になっている。それを見て、つくづく世の中が変わったなーと思わずにはいられない。

「そういうこともあるだろうなぁ」

とたいていの人が受け入れる時代である。

世の中変わったというと、友人の子どもの披露宴に招かれることも少なくなった。

なぜなら今の若い人は、親の友だちまで呼ぶようなめんどうくさいことはしないからだ。これはいいことである。ひと昔前だと、会ったこともない政治家や有名人がメインテーブルに座り、

「お父上とは昔から親しく」

と長い祝辞をのべたりする。

私が呼ばれてスピーチした三つの披露宴は、どれも本人と仲よくおつき合いさせていただいたゆえのもの。

だから彼らの幸福そうな姿がとても嬉しかった。

しかし問題は何を着ていくか、ということなのである。

参列者のスタイルを見ていると、ノースリーブのカクテルドレスに、レースのストールをしているものが多い。が、これはヘタをするととても野暮ったいものになってしまう。

私はつくづく思うのであるが、ノースリーブのドレスに何か羽織ると、デザインは極端に損なわれる。そのようにデザインされているからである。私などつい二の腕が気になって、ストールをかけるが、それでオシャレ度は大幅ダウン。

先日あるパーティーで、私より太い二の腕を出している女性を見たが、それはそれでカッコよかった。中年過ぎるとそれはもう貫禄《かんろく》である。

そう、披露宴のドレスをどうするか。これはかなりの大問題だ。着物を着ていけるところは着物にしているが、忙しいウィークデイの夕方だったり、地方でのお招きだったりすることもある。

これについては、私は万能のドレスを持っているのだ。それは昨年、ある授賞式のために買ったアルマーニのドレスである。かなりのお値段であったが、エイ、ヤッと思いきって買った。黒の地にラメと花がとんでいる。ソワレ丈なので、どこへ着ていってもＯＫ。おまけにシワにならないので、畳んでいけばワンナイトバッグにうまくおさまる。これにラメのベルトがついたシューズをコーディネートする。

私は常々、日本人の女の人はブラックドレスに頼りすぎではないかと思っている。いくら素敵なものでも、あれは〝無難〟を絵に描いたようなもの。

ある披露宴で、席が真《ま》っ黒《くろ》だったことがある。式服を着た男性のブラックスーツの中に、女性のブラックドレスが混じっていたからだ。

　そういう時、お金持ちの披露宴に出た時のことを思い出す。参列者の着物も参考になるが、もっとよく見たのはお洋服。そう若くない方が、イブニングをさらっと着ているのは本当に素敵であった。昼の会だとラメのいっぱい入ったシャネルのスーツなんかも、品がいいうえにおさまりがいい。結局は宴の席では、上質かどうかということは、大きな要素なのであるまいか。大人に若い人が着るような素材は似合わない。

　ところで今週、あるパーティーに呼ばれたのであるが、「正装で」という条件がついた。

「そんなこと言われても困る。私は朝から歯医者に行って、その後取材二つ入ってギリギリまで会議。スーツじゃダメかしら」

「働いている人のスーツは正装よ」

　などと友人と話し合ったのであるが、心配なので「正装」をググってみた。すると皇室の方々のローブデコルテが出てくるではないか。全く参考にならない。そのうちに友人からＬＩＮＥ。

「いつものお葬式ルックでいいかと思ったけど、貸衣裳借りることにしました」

　ということで、私も紙袋に例のアルマーニのドレスを入れ、トイレで着替えることにした。

　そうそう、披露宴が終わると、キャリーに着替えを入れ、ぞろぞろと帰る人がいるけれど、「正装」っていうのは行き帰りの美しさも求められるはずである。私はかなり反省した。


（二〇一九年八月号）

フォーマルな席で
つくづく思う。
「もの慣れた女は、
カッコいい！」

つい先日のこと、ブラックタイのパーティーに出席した。一流ホテルで行われたチャリティパーティーだ。

などというと、いかにもハイソサエティぶっているようであるが、そんなことはない。

高ーいチケットが余って、どうしても買ってほしいと頼まれたのだ。着ていくものがなければ断ったのであるが、ちょうど昨年、イベントのために買ったイブニングがある。黒い、どうってことのない、シンプルなイブニングだ。

その頃女性週刊誌を見ていたら、グラビアに女優さんたちのドレス姿が載っていた。その中に、私と同じイブニングを発見。美人で有名な女優さんが、何かの授賞式に出席していた写真だ。

よく見ると彼女が着ているものが私と全く同じドレスではないか。ふつうだったら問題になるところであるが、体型があまりにも違い過ぎるため、気づいた人は誰もいるまい。

「これも〝かぶっちゃった〟になるのか」

と、なんだかおかしくなってしまった。

そんなことはどうでもいいとして、私は黒いイブニングを着てホテルに向かった。入り口のところから私はイカさなかった。なぜなら、直前まで新刊インタビューの取材を受けていた私は、出版社のトイレで着替えてきたのである。両手に資料と、脱いだ普段着の紙袋を持って入場。本当にカッコ悪いったらありゃしない。そしてそのパーティーであるが、本当にびっくりした。私もいろいろな催しに出てきたが、豪華さが違う。女性のイブニングや宝石が素晴らしかったのである。

私みたいに、ベルベットのイブニング、なんていう人はあまりいない。中年の女性のそれを見ると、レースやサテンに、精緻《せいち》なラメの刺繍というパターンがいちばん多かったような気がする。

着物姿の人も結構いるが、

「あぁ、そうですか」

という感じ。私は着物が大好きであるが、その美しさや優雅さは、こういう大寄せでは映えないような気がする。

やはり大人数の華やかなパーティーは、イブニングであろう。そしてさらにびっくりしたのは、あきらかにハイブランドのイブニングを着ている若い女性が、かなりの数いたことだ。しかもみんなスタイルのいい美人。髪もすごく素敵にまとめていて、すべてがもの慣れているのである。

「ああいう人たちは、いったいどういう人たちなの？」

向こうで会った友人に聞いたところ、

「よくわからないけど、ＩＴ社長の奥さんじゃないかしら」

という、実にありきたりの答えであった。

「金持ちのＩＴ社長が、そんなに何人もいるはずないじゃないの」

と言いながらじっと見つめる。知り合いも多く、やたらハグするのもカッコいい！

そして私はつくづく、フォーマルということを考えた。

結婚披露宴などで、正装した女性を見る。キマっている人もいるし、キマっていない人もいる。これは私の考えであるが、着慣れないロングドレスを着るよりも、いっそセットアップの方がいいかもしれない。

私はかなりの観察の結果、お金持ちの夫人はセットアップを着るのを好むことを発見した。もちろんふつうのセットアップではない。ラメを織り込んだジャージー素材、といったヒカリものに、凝ったバッグに靴。そして指にはさりげなく宝石が光っている。

こうして全身隙なくキメると、イブニングに負けない貫禄が出てくるようである。とにかくフォーマルの着こなしで、いちばん大切なことは「慣れ」に尽きるはずだ。若い時、私はどれほど失敗したことであろう。とんちんかんな格好をして、「しまった」と後から思う。物知らずなので、その時、自分がどれほどヘンかわからない。ものすごく非常識なことをしていたとわかるのは、ずっとたってからのことだ。それですっかりフォーマルパーティーが嫌いになってしまった時期がある。

「着ていくものがない」

と断り続けた時期もあった。

今は数少ないイブニングを使いまわし、着ていける時は着物にする。

つい先日、さるフォーマルな場に出るため色留袖を新調した。お金がないのに大変な出費だと嘆いていたら、友人が言った。

「世の中には、着物やドレスをつくっても、着ていくところがない人ばかりよ。新しい色留袖つくれる自分に感謝だよ」

フォーマルというのは、女に格言をもたらすらしい。

（二〇一九年十二月号）

「宝石」とは、健康で、幸福な女性の証なのだ

外資のアパレルのトップを夫に持つ友人は、オシャレなことで有名であった。外国語を流ちょうに話し、いつも華やかな格好をしている。特に私の目を射たのは、素晴らしい宝石の数々だ。ダイヤとエメラルドを組み合わせたネックレスは本当に素敵で、彼女の日灼《ひや》けした肌によく似合っていた。

「クリスマスにあまりおねだりしてはダメよ」

彼女は言ったものだ。

「軽いものにしておいて、その分誕生日にどかっと買わせるのよ」

私は本当にびっくりした。妻の誕生日にこのような高価なものを贈る習慣が、ある階層以上の人たちにはあるということ。私なんかエンゲージリングと結婚指輪以

外、貴金属を夫からもらったことはない。

　それから、

「おねだり」

という言葉を彼女から聞いたことだ。本人もファッション関係の企業の重役をしていて、かなりの収入を得ているはずだ。それなのに彼女は、夫から当然のように宝石をプレゼントしてもらっているのだ。

　羨《うらや》ましいというのではない、

「世の中には本当にこういう人がいるんだなぁ」

と驚いたのだ。私自身は、若い時は宝石にまるで興味がなかった。あたり前か。20代でダイヤだ、ルビイだ、などという女性はあまりいない。持っているのは、プチダイヤか真珠のチェーンぐらいであろう。

　私はそうしたものも欲しいとは思わなかった。それどころか、宝石好きの女イコール、男の金にすり寄っていく女、と勝手に決めていたのである。男の人に買ってもらった記憶もわずか。つまり宝石にまるで興味を持っていなかったのだ。

　それでもトシをとるにつれて、宝石が欲しくなっていく。まとまったお金が入っても入らなくても、ちょっとしたダイヤや、真珠のネックレスを買うようになった。

他の人もそうだと思うが、娘が生まれるとさらに拍車がかかる。

「娘に譲るから」

という大義名分がつくからだ。

私の知り合いで、ひとり息子を持っている女性は、このあいだ大きなダイヤの指輪を買った。

「それ、すごいね」

と誉《ほ》めたところ、

「いずれ息子の嫁のところに行くかと思うと、口惜《くや》しくて口惜しくて」

と顔をゆがめた。そのことを思うと、夜眠れなくなってしまうそうだ。

「だったら孫に賭けなよ。可愛い孫娘産んでもらって、その子にあげればいいじゃないの」

と言ったら、確かにそうかもと頷《うなず》いた。

そんな話はどうでもいいとして、つい先日、宝石がらみのパーティーに出た。男性はタキシード、女性はイブニングというドレスコードだ。みんなパーティー慣れしたオシャレな感じ。

その時、

「写真一緒に撮ってくれませんか」

一人の女性が近づいてきた。黒いベアトップのイブニングに、胸にはエメラルドとダイヤをちりばめた、すんごいネックレスだ。写真を撮られながら、この女性はいったい何者だろうと考えずにはいられない。

世界的ブランドのパーティーだから、ヘンな人が入ってくるわけはない。きっと顧客ばかりなのだろう。

私は知りたくて知りたくて、口がむずむずしてきた。なかなか美しい女性である。イブニングにボリュームがあるため、髪を小さなシニヨンにしているのもよく似合って洗練されている。

「女優さんかモデルさんですか」

と尋ねたところ、

「いやだー、医者ですよ」

と笑われてしまった。お医者さんかぁ。なんとなく謎がとけた。皮膚科とか美容整形のお医者さんだったら、やりようによってはかなりの額の収入を手にすることが出来るだろう。

そのエメラルドとダイヤのネックレスは、ご自分で買ったものに違いない。

「カッコいいなぁ……」

つくづく思う。宝石は男の人に買わせるものから一歩も二歩も進歩して、自分の稼ぎで何千万も買う女性が、東京にはいっぱいいるのだ。

と言いながら、私は夫に宝石を買ってもらう女性もいいなぁと思う。いずれにしても、宝石は健康で、幸福な女性のものである。人間にはこうした証《あかし》が必要。あなたは頑張って生きていますという証。

男性だってこの証が欲しい。だから宝石の代わりに時計を愛するのだ。

（二〇二〇年二月号）

タートルネックのチクチクと、店で感じるワクワクと。

最近、娘と一緒にファストファッションの店に行くことが多い。

すると三千円、四千円でなかなか素敵なニットが売られている。

「うちで着るのにちょうどいいじゃん」

三枚買っても一万円でお釣りがくる。

そして家にいる時は、そうしたニットにセーター、通販で買ったパンツをはいている。

どうせ人が見ていないんだし、冬はコートという大きな味方がある。そう、近くのスーパーに行く時も、さっと羽織ればすべてオッケー。しかし「あれ？」と思うことが起こり始めた。ニットを着ていると、タートルネックがチクチクしてくるのである。

若い人の肌ならいいけれど、トシいった女性の肌には、ちょっと刺激があるのかもしれない。

一方、高級ブランド店のバーゲンで、今年私は黒のカシミアニットを買った。四十パーセントオフであるが、かなりのお値段である。これはもちろんよそゆきであるが、あまりの心地よさに、かなりのヘビーローテーションとなった。

肌ざわりがバツグンなのである。頭を通した時の、やわらかい感触もいい。

「やっぱり高いものは、それだけのことがある」

とつくづく思った私である。

といっても、高いものをふだん使いには出来ない。なにしろ物書きの仕事というのは、本のホコリにまみれ、サインペンやボールペンのシミがつく、という汚れる日々である。うちの秘書は、いつもエプロンをしているほどだ。

「お客さんにお茶出す時ははずして」

と何度言ってもよく忘れる……。そんなことはどうでもいいとして、とにかく私は、うちに帰るやいなや、洋服を上から下まですべて着替える。汚したくないからだ。気も遣いたくなく、三千円のニットを愛用していたのであるが、どうもまずいことになった。

クローゼットの中に入り〝二軍落ち〟のものを探す。いろいろ出てきた。

お恥ずかしい話であるが、急激な体重増加により、私のクローゼットの大半は、着られないものばかりとなっている。

さるブランドの、ブラウスとスカートがそのまま出てきたのは情けなかった。これを買った時は、

「すぐ痩せるから大丈夫」

と私は言い、なじみの店員さんも、

「ハヤシさんは、体重落とそうと思えば、すぐに落とせますもんね」

と頷いてくれたものだ。しかし年齢のせいか、ダイエットをしても、体はウンともスンとも言わないようになった。このブラウスとスカートは、流行という賛辞を浴びることなく、三年をこの狭い空間の中ですごしているのである……。

反省している。が、今はそんなこと言っている場合ではない。二軍落ちを探すのだ。

そんなわけでニットを何枚かと、スカート（巻きつけるやつ）を選び出した。もったいないなぁー、と思いながらそれを家で着る。が、快適さはまるで違う。ニットはもちろん、スカートの裾さばき、手が触れた時のやさしさ……、なんかいい感じである。やっぱりトシをとったら、身に着けるものはこうでなきゃ、と思うのであるが、そういう考えというのは、次第に自分をオバさんっぽくしていくのではないかと不安にもなる。

ファストファッションのお店に行った時の、あのワクワクした感じも、ずっと好きでいたいと思う私だ。

「この未来的スカート何なの？　サイズさえあれば着てみたい」とあれこれいじるのは本当に楽しい。

そしてつい買ってしまい、時にはチクチクが始まってしまう。

私の友人の中で、芸能人も一目置くオシャレ番長がいる。彼女のファッションはというと、シャネルのニットに、ＺＡＲＡのパンツを組み合わせたりするのであるが、そのカッコいいことといったらない。ＺＡＲＡの流行性と軽やかさと、シャネルの凝ったいい素材によるクオリティが、見事にミックスしているのである。もちろん二つを融和させるために、アクセサリーや小物の気配りを忘れない。

つくづく思うのであるが、オシャレな人というのは野球チームの名監督であろう。一軍と二軍をうまく使い、うんと高いお金を出して契約した外国人選手も登用する。いちばん効率的に。それぞれの選手の長所と短所もよーく知っている。そして彼らをマウンドに出す。活躍させる。私にはとても手の届かない世界だ。

（二〇二〇年三月号）

まず髪を
何とかすること。
新しい服を着てみる。
そして、
友人とつながっていよう

思いもかけない、つらい日々が長く続いている。

最初のうちは、読みたい本もいっぱいあるし、うちの片づけをと考えていたが、日々苛立《いらだ》ちはつのるばかりだ。

なにしろ私の人生の喜びの多くを占めていたものが、全てなくなってしまったのである。お芝居にコンサート、歌舞伎も中止。そして親しい友だちと、おいしいものを食べながらお喋《しゃべ》りすることも。

お洋服のショップも臨時休業となった。ジムも閉鎖で、ぶくぶく太るばかり。

「うちでダイエットやるいい機会じゃないの。会食もなくなったんだし」

と言う人がいたが、そんなことが出来るような人間なら、とっくにスリムになっている。

私は外に出ることが多かったので、しょっちゅう美容室に行き、お洋服もいっぱい買っていた。が、もう二週間近くうちにいると、ババっちくなるばかり。

「そろそろお役ごめんかなー」というスカートに、これまた昔のニットやカットソーをひっぱり出して着ていたら、娘に、

「ママ、毎日、ずーっとその格好だよ」

と咎《とが》められた。そしてこんなことも。

「もしママが感染してて、このまま入院して亡くなったら、私が最後に憶《おぼ》えている母親の姿って、髪がバサバサで、ババシャツがはみ出して、へんな色のニットを着ているオバさんだよ」

私はおおいに反省した。そんな時、近所の奥さんからこんなＬＩＮＥが。

「近くの美容室、お客さんが皆無で、今月の光熱費も出せないんだって。私はさっ

き行って、シャンプー、ブローしてもらったよ。あなたも行ってあげなさいよ」

うちから歩いて六分ほどの、一人でやっている美容室。カットやカラーリングは、青山のサロンでやってもらっていたが、ふだん出かける時のブローはその美容室で。朝早くからやっていたのでとても重宝していた。

「そうかぁ、用がなくても行かなくちゃ」

とさっきさっそく行ったら、こんな時にと、とても喜んでくれた。このところ、自分でシャンプーし、適当にドライヤーをかけていた。それにずっとスッピンである。

どこにも出かけない。マスクで顔が隠れている。この二つの要素が、私をどんどんだらしなくしていたのである。

私は昔、田舎に帰省していた時のことを思い出した。何日間も化粧もせず、どこにも出かけず、ボーッと暮らしていると、顔が弛緩《しかん》していくのがはっきりとわかる。ひどい時には、目がひと重になり、しばらく戻らなくておおいに焦った。

うちにずーっといるということが、こんなにも人間の顔を変えてしまうとは。別の近所の若い奥さんからＬＩＮＥがあった。

「いらなくなった本や雑誌をもらえませんか」

喜んで、と私は言った。おこもりの慰めになったら嬉しい。

紙袋に入れて駅前のカフェへ。ここはオープンになっているので、少しの時間なら大丈夫であろう。マスクごしに話して、たまにはずしてコーヒーをひと息に飲む。

編集者との打ち合わせも、このカフェを使っている。

紙袋を渡して、そのままスーパーへ。多くの人がそうだと思うが、この頃唯一の外出は、食料品を買いにスーパーに行くことだ。帰りはわざと遠まわりをする。今まで行かなかった住宅地を歩いて、若木になりかけている桜を見たりする。

スーパーでは、とても素敵な女性を何人か見た。やはりマスクをしているのであるが、ちゃんとメイクしているのは、眉や目のあたりではっきりとわかる。普段着のパンツとニットの取り合わせがなんともカッコいい。

長期戦になりそうなこのおこもり。私は大切ないくつかのことを自分に課した。

まず髪を何とかすること。どこに行く予定がなくても、一週間に一度は美容室へ行き、手入れをしてもらうこと。

うちにいるからこそ、新しい服を着てみよう。まだタグをとっていない、カナリアイエローのツインニットも、うちでデビューさせよう。

それから近所にいる友人たちと、たとえ会わなくてもちゃんとつながること。本をあげるのもそのひとつ。このあいだは大量の帆立貝をもらったので四人に分けた。スパイみたいに、道の真《ま》ん中《なか》でパッと渡して、パッと別れたけれど。

（二〇二〇年六七月号）

この二ヶ月を経て
つくづくわかった、
自分が「オシャレ」に
なれなかったワケ

二ヶ月ぶりに、外に出る仕事があった。

ずっと休載していた対談の仕事である。

二ヶ月ぶりに化粧をする。正確にはファンデーションも塗った。今までそこいらに行く時は、せいぜい眉をひいて、口紅を塗るぐらいである。ファンデーションを塗る時、とてもためらいがあった。誰でもそう言うと思うが、長い自粛生活で、肌と髪が健康を取り戻したことには驚くばかりだ。

紫外線も浴びない、化粧もしない、規則正しい生活。月曜日から金曜日まで、毎日外食の予定があった私が、毎日うちでご飯を食べた。自分でつくる野菜たっぷりの食事。運動不足で太ってしまったけれども、肌はピカピカになった。

抜け毛もぐっと少なくなったのも嬉しい。

ものすごくいい調子になった肌に、薄いリキッドとはいえ、ファンデーションを塗るのにはちょっと抵抗がある。が、とにかくのばして白粉《おしろい》をはたく。するとやっぱりきちんとした顔になっていくのである。ショップからも、連絡がくるようになった。新作の紹介ではない。

「六月からバーゲンが始まりますよ」

客の心理がちゃんとわかっている。

今までの「被服費ゼロ」の生活から、いきなりプロパーで買うというのは、かなりハードルが高い。その前にバーゲンで、肩ならししてくださいね、ということであろう。

そんなわけで久しぶりにいくつかのショップへ行き、まぁ、いろいろ買ってしまったわけだ。

これがとても楽しかった。選んだものを持ち、試着室に入る。そして鏡の前に立ち、フィッティングを見る。袖丈を直してもらったりする。

この一連の行為がこれほど楽しかったとは……。大げさな言い方であるが、生きる喜びさえ感じたのである。

が、私のように前向きになれない人たちはかなり多い。

「あなたは声が違うわ」

電話で友人に言われた。

「私なんかこの二ヶ月、完全にウツ状態。何ていうかなぁ……、この先どうなるんだろう。元の生活に戻れるはずもないし、いったいどうしたらいいんだろうって思うと、どんどん気が沈んでくるの」

「もう元の生活に戻れるわけないじゃないの」

私は断言する。

「ものすごくたくさんのことが変わってしまったよ。だけどそれはもう仕方ないことじゃないの。そこから何か新しいことが始まるのよ」

私などコロナと関係ない居職の仕事であるが、収入はかなり減った。書店さんが閉まっていたから、新刊の売れ行きに大打撃だ。講演会やイベントの類《たぐい》もすべて中止になって今年一回もしていない。

しかし、この二ヶ月、

「野《の》放《ほう》図《ず》に遣わなければ、充分に生活は出来る」

という確信がもてたのである。

カードから毎月引き落とされる額が、いかに多かったか、じっくり反省をした。

もちろん洋服は大好きだし、これからも買っていくだろうが、もうコロナ前のような買い方はしないであろう。ＢＣ（ビフォー・コロナ）・ＡＣ（アフター・コロナ）の変化。

高級ブランドだからといって、そう納得することもなく、高価なバッグや靴を買っていた自分が、今となっては信じられない。

クローゼットに入れれば、着るものはいくらでもある。もっと大切に扱わなければ、と思うのもこの二ヶ月があるからだ。

実は自粛のはじめの頃、私はファストファッションや通販のものばかり着ていた。

しかしある時から、ブランドもののスカートやワンピを着るようになった。ここが私の限界なのであるが、新品ではなく二年前か、三年前のもの。花柄のスカートに、Ｔシャツとカーディガンを組み合わせる。

すると気分がまるで違うのだ。上質のコットンやウールの手触り、裾さばきは私にとても重要なことを教えてくれた。

「アンタは単なる、どこそこのブランド、っていうので高い服を買ってたかもしれないけど、実はちゃんと理由があったのよ。最高の素材っていうのは、人の心を昂《たか》めてくれるの。同時に安らかさを与えてくれるの。それがわかっただけでもよかったじゃないの」

そう、ひきこもり生活で手に入れたものは服への敬意。それがなかったから、私はオシャレになれないのだと、つくづくわかったのである。

（二〇二〇年八月号）

ハレも
ケもない日々に
気づいた、
オシャレのミッション

やっと世の中が動き始めた。

感染者は毎日すごい数になっているが、多くの人たちは、もう覚悟を決めたはずだ。コロナと一緒に生きていかなくてはならないのだと。

充分に注意をはらいながら、可能な限りふつうの生活をしていく。〝ステイホーム〟の間に、すっかり無くしてしまった習慣がいくつかある。そのひとつがメイクであった。

何ヶ月も、出かける先といったら近所のスーパーか公園。誰とも会わない。しかも大きなマスクをしている。といったら、化粧をする必要なんかまるでないワケだ。

私など普段から、メイクはあまり好きではなく、日灼け止めにお粉をはたくぐらい。それでも、人と会ったり、どこか気の張るところに行く時は、薄くリキッドのファンデーションをつけた。

それが何ヶ月ぶりに、ちゃんと化粧をしようと容器を手にとったら、成分がすっかり底に沈んでいるではないか。力を込めて振りながら、化粧をしない日々の長さを思った。このあいだは、ちょっと驚くことが。

外出先でリップを忘れたことに気づいた私は、近くのファッションビルの化粧品売場へ。好きなブランドのコーナーに向かった。が、そこにはロープが張られ、一人ずつでないと中に入れない。その前に手の消毒をしっかり。

口紅を買いに行ったのであるが、手にとってみることもタブー。もちろんお試しもダメ。見本に少し切り取ってくれるようであるが、とにかく売場全体がギスギスした雰囲気なのである。

化粧品売場の、あの華やいだ楽しい空気が一変してしまった。さみしい。

「もう当分買いたくないかも」

しかし、誰でも気づいたことだと思うが、自粛の間に、肌はすごく調子よくなっ

た。友人たちとランチをするために、いっせいにマスクをはずしたら、

「わ、ピカピカしてる！」

「すっごく綺麗だよ」

　みなで誉め合った。

　思えば肌には過酷なことを強いていたんだ。毎日ファンデーションを塗り、陽と埃の中にさらしていたんだ。外に出ない〝おこもり〟状態で、肌もゆっくり休んでいたに違いない。もうあまり無理はさせまい。そしてこの三ヶ月から四ヶ月にかけて、私が全く、といっていいほどしなかったことがある。それはショッピングだ。わずかに通販で買ったぐらい。

　久しぶりにクローゼットの中に分け入ったら（そのぐらいゴタゴタしている）、あまりにも膨大な数に我ながら呆《あき》れてしまった。サイズが違ったために、着られなくなったものがあまりにも多く、情けないったらありゃしない。

　時間はたっぷりあったのだから、洋服の整理をすればよかったのであるが、つい、本の片づけを先にしてしまった。

　クローゼットの床には、ブランドもののカットソーやスカートがころがっている。

そういうものを集め、うちで着る日々であった。

ハレのために買った高価な服であるが、ハレもケもないのだから、日常に着るしかない。毎日、カシミヤ、上質なコットンやリネンを着てわかったことがある。

「高い服というのは、素材とカッティングがまるで違う」

というあたり前のことだ。

千五百円と八万円のTシャツでは、まず手にとった時の手ざわりが、同じ木綿とは思えない。私は必ずクリーニングに出していたバカ高いTシャツを、二軍に降格させ毎日着て洗たく機で洗った。それでも、着ると気分はぐっと上がる。

クローゼットを奇妙にふくらませていた、おととし、昨年のファストファッションは、みんな捨てた。

思えば長いこと、呪縛《じゅばく》にとらわれていたかもしれない。それは、

「ファストファッションを着られなくなるのは、若さを失った証拠」

ということ。が、現実に若さなんかとうに失っていたのだから、無理することはなかったのだ。それなのに「うちで着る」「インナーに使う」という名目のため、数多く購入していた。

しかし「新しさ」が薄れた、昨年のファストファッションは、私をただのくたびれたオバさんにしていたんだ。私には何が大切で、何が必要かはっきりわかったステイホーム。肌を整え、上質なものをきちんと着る。それが私のこれからのミッション。

（二〇二〇年九月号）

もっと会おうよ。
話そうよ。
人は実際に会って
ナンボ、だから

　私は多くの人に聞きたいのであるが、Ｚｏｏｍ飲み会って、本当に楽しいですか。有意義なひととき過ごせてますか。

　友人は言う。

「みんな退出していって、一人とり残されるのがイヤ。私の前にはビールの缶とサキイカの袋だけ残ってて」

　私はそんなことではなくて、Ｚｏｏｍってつまらないと思うようになってきた。心から。

　そりゃあ、ちょびっと本人が画面に出てきて「元気ー？」と言うぐらいなら面白

いが、四人か五人でじっくり話すのにＺｏｏｍが向いているとは到底思えないのである。今日、久しぶりにボランティアのミーティングがあった。それまではＺｏｏｍ会議だったのに、

「来られる人だけ来て」

と言ったら、ほとんど全員がやってきた。一人だけ自宅からリモート参加であったが、はっきり言って無視されていたかも。なぜなら私たちは久しぶりに会って、お喋りに夢中だったから。みんなマスクをして、ぺちゃくちゃととまらない。

話はどんどん脱線していき、チャリティパーティーの相談が、最近の政治のことになり、コロナでアーティストがどんなに大変か、ということにいってしまう。

あぁ、会って話すっていうのは、こんなに楽しいんだろうかとしみじみ思った。

大昔、私がコピーライターをしていた時のこと。私の勤めていた会社でつくった、あるデパートの広告のコピー、それは、

「もっと会おうよ。話そうよ。」

というのである（私の作ではない）。人は実際に会ってナンボ、と私は考えてい

るのだ。

　といっても、コロナは働き方を完全に変えたと言われている。パソコンひとつあれば会議も出来るということがみんなわかった。もともと経理のような仕事は、毎日出社しなくてもよかったのである。

　テレビのニュースを見ていたら、最近郊外の土地がどんどん売れているという。千葉の稲毛、都下の町田というところの他に、那須高原の別荘が大人気だと、みんな在宅勤務で、もっと広い部屋、もっと子育てしやすい場所へと移っていくのだ。

　東京一極集中の弊害はずっと言われ続け、遷都話がなされていたけれども、コロナが人の意識を変えてしまった。これからは父親の在宅時間もぐっと長くなり、子どもと遊ぶ時間も増えるはず。よかった、よかった。しかし私の頭の中に、あのフレーズが甦《よみがえ》る。

「もっと会おうよ。話そうよ。」

　そりゃあ家族との会話は楽しい。しかしある期間まで、大人はやはり大人と会話をしなくては。

　自粛のまっただ中、女友だちからＬＩＮＥがきた。

「ランニングを始めたよ。いつも五時頃、あなたのうちの前を通るよ。チャイム鳴らすからちょっとお喋りしない」

　そしてチャイムが鳴る。玄関先でマスクをしたまま、私たちは短い会話をかわした。

「元気そうだね」

「体がなまって仕方ないよ」

「走るなんてえらい。私は相変わらずグータラしてるよ」

　他愛ない話だったけれど、とても満ち足りた気分になったっけ。人と話すのって、こんなに心があったかくなるものかとしみじみとわかった。

　もし遠く郊外に引っ越したとしたならば、私はすぐに地域の人たちと仲よくするだろうなあ。大人と大人が会話をすることって、それぐらい大切なことだと考えているから。自分の持っている知識と情報を出し合い、議論という焚《た》き火《び》をしていく。時々、ものすごく太い薪《まき》をつっ込まれたりする。友人の中には必ず陰謀論を唱える人がいて、彼にかかると、世の中すべてにシンジケートのようなものがからんでいるのだ。

そうかと思うと、文字どおり水をさす人もいる。

「そんなこと言ったって仕方ないじゃないの」

「わかりきった話よね」

私は人にそれほど自慢出来るものはないが、この焚き火の番人は、わりとうまい方ではないかなあと思う。会話が楽しく続くように、絶えず小枝をくべていく。どさっと薪をつっ込まれたら、それとなくどかす。水をさされたらまた火をおこす。

火にあたっていない人がいたら、こっちへいらっしゃいと誘ってみる。

こう書くと私がとてもいい人のようであるが、そんなことはない。ただ、つまらない会話を続けるのがイヤなだけ。だからまず嫌いな人とは極力会いません。

（二〇二〇年十一月号）

流行服を着る、誉められる。それが今、力強く生きてる、っていう感じ！

コロナ禍、さらに不精になった私。

自粛期間にノーメイクのクセをつけてしまい、外に出かける時は眉を描くぐらい。

「こりゃー、ラクチン、ラクチン」

とひとりごちていたのであるが、やはり天罰が下った。右の頬に大きなシミをつくってしまったのである。

必死でパックをしても、なかなか消えない。それならばレーザーと思ったものの、トラブルが怖くてまだ行っていない。

かなり大きなシミは、私の日頃の行いに対する採点、×印のようなものである。

マッサージや、マシーンでするフェイスアップには通っていた。コロナ禍の真っ最中はとてもヒマだったので、こうして美容にもお金と時間を遣っていたのである。が、大切なことを忘れていた。他力本願のケアばかりで、毎日きちんと洗顔して化粧することをしなかった。ノーメイクでずっとうちにいるから、

「顔なんか洗わなくてもいいもんね」

と水だけでぶるっ。

洗たくものを干す時は、帽子をかぶりサングラスをし、紫外線防止スプレーをシュッ。しかし全く化粧をしていない肌は、ひとたまりもなかったであろう。

実はコロナ禍、肌も過酷な日々をすごしていたのだ。朝のワイドショーを見ていたら、マスクの下で、顔の弛《ゆる》みがすごく進んでいるという特集があった。マスクの下であまり表情を動かさないため、筋力が弱ってしまったようだ。

ちなみにお互いにマスクをはずして会話すると、筋力はぐっとアップする。

やはり人は、対面だからこそ笑い、口角も上がっていくのだとつくづく思う。

人と会わないから化粧をしないというのは、女性のプライドとやる気をそぐものである。

そんなワケで最近、私はしっかりとファンデーションを塗り、アイメイクをして

マスカラをつける。「マスクのためのメイク」というのを読んでみると、アイメイクはかなり強くしてもいいようだ。

繁華街を歩いて気づいたことであるが、芸能人の人はマスクをしていてもすぐにわかる。特にモデルさんだったりすると、マスクで顔を隠すことで、プロポーションのよさが目立つのである。

麻布の夜のスーパーで、あまりにもキレイな人とすれ違ったので、

「あなたはいったい、どなたでしょうか？」

と聞きたくなったことがある。つい先日、食事会に友人が某人気俳優さんを連れてきた。その男性はどちらかというと小柄で、顔がものすごく小さい。だからマスクをすると、顔のほとんどが隠れてしまう。それにキャップをかぶれば、目のほんのわずかな部分が出ているだけだ。

それなのにスターのオーラが強烈に発せられていて、道いく人が、あっと立ち止まる。誰だかすぐにはわからないけれど、すごい人が歩いている、といった感じであろうか。

この頃私のモットーは、
「街に出ようよ。そして楽しもうよ」
というもの。もちろんマスクはしっかりとして三密は避ける。アプリの感染情報はたえずチェックする。充分に予防をしたうえで、前の生活をとり戻さなくては。そう思う人は多いらしく、繁華街はいっきに混み始めた。

そんなある日、私はきちんとメイクをして、髪もサロンでカットしてもらった。そして青山のお店に向かう。ふだん行かない店で、秋の服を買った。これも私にとって、かなりチャレンジングなことである。

はっきり言ってコロナによって、というより自分の自堕落さで、ますますお肉をつけた私。が、こういうことには目をつぶり、流行のフリンジを購入した。雑誌で見てからずっと取り入れたかった、今年のマストアイテムである。

それは黒のジャンパースカートで裾に長いフリンジがひらひらとついている。パンツと合わせるのもいいかもしれないけれど、黒のプリーツスカートとコーディネート。上のシャツは秋っぽいくすんだグリーン。

私としてはかなりの冒険であったが、皆に誉められてびっくりだ。

「すごく可愛い。いかにも今年って感じ」
とたまた会ったスタイリストさんも言ってくれたぐらいだ。
なんかこういうことが、いつもの三倍ぐらい嬉しい秋。力強く生きている、って
いう感じがする。私はコロナにやられっぱなしじゃないと思う。

（二〇二〇年十二月号）

服の処分って
そんなに必要？
新しいものを着まわすだけが
オシャレではないはず

娘を持ってよかったと思うことのひとつに、自分の古い服や靴を身に着けてくれることがある。洋服の命を全うさせてくれることだ。

十年はおろか、二十年前の古い革ジャケットを着こんでいるのを見た時は嬉しかった。また、捨てようかなと思っていた流行遅れの靴を、娘が見事に履きつぶしてくれた時は爽快感《そうかいかん》があった。私はものを大切にせず、洋服も靴も乱暴に扱う。かなりの量買っても、それきり忘れてしまうことが多い。クローゼットの奥で、たくさんの服は迷子になったまま、ひっそりと忘れさられていく。だから私は、いつも着るものが同じだ。最近買ったものしか憶えていないからである。

とはいうものの、二年に一回ぐらいは大整理を行い、古いものは親戚の女性にダンボールで送ることにしている。

つい最近のこと、ある文学賞を受けた。その会場に姪《めい》が来てくれたのであるが、ひと目見て、

「あー、私のシャネル！」

と叫んでしまった。私が昔彼女にあげたジャケットを着ていたのである。それは黒のどうということもないジャージーの上着。下にチュールスカートを組み合わせ、なかなか素敵であった。

二十数年以上前のジャケット、とうに忘れていたものを、こんな風に着てくれたとは、何よりの祝いとなった。

お下がりといえば、私は着物をやはり親戚の女性にあげる。色留袖や訪問着といった類のものであるが、もらい上手の彼女はよく写真を送ってくれる。このあいだは、子どもの中学校入学式に、私のお古の訪問着を着てくれていて嬉しかった。

整理整頓がまるで出来ない私であるが、あえて問う。

断捨離ってそんなに必要なんだろうか。

洋服も靴も、バッグも、ものにはイノチがある。それを一年着ないぐらいで捨てていいものであろうか。

一年か二年で廃棄されることを見越しての、ファストファッションならともかく、大人の服なら、それなりの素材を使っているはずである。知恵とセンスを使って、よっこらしょと今に甦らせる。こういうことも大切ではないか。新しいものを着まわすことだけがオシャレではないはずだ。

私がまわりを見まわすと、オシャレ番長と呼ばれる人ほど、古いものを活用しているが、エルメスとＺＡＲＡのコーデなどというのは、あまりの上級テクでとても真似出来ない。

最近私がしていることは、うーんと高かったブランド品を、普段着の位置に持ってくること。高級ブランドのニットはとんでもない値段であるが、四年ぐらいたったものは、うちで着てしまう。そして素材のよさをとことん体に憶えさせる。

肌というのは正直なもので、プライスと素材の加減が、触れると次第にわかるようになってくるはずだ。この値段なら、この化繊で仕方ないかもとか、こんなに高いものなのに、手ざわりが今ひとつ、ということを学ぶ。

ところで冬の服には、手ざわりやデザインとは別に、ミエというものがあると私は考えている。それはコートやジャケット、ショールなどは脱いで預けることが多いからだ。

そこであまりにもお安いブランドのものはちょっとなぁーと、私は考える。昔、あるブランドのバーゲンに行った時、ニットとスカートは買ったけれど、コートには手を出さなかった。

「今の私の年齢で、ここのブランドを着ていると人に思われたくない」

と言ったら、ミエっぱり、と友人に非難された。が、ミエをなくしたらオシャレは終わりでしょう。最近私は、ニット類をうんと丁寧に畳むようになった。こうすることによって、イノチを吹き込むと本に書いてあったからだ。

それよりも、しっかり記憶にとどめる、という意味もあるはず。ニット類はつい乱暴に扱いがちである。今まではざっくり、クローゼットの棚に積んでいたのであるが、この頃は、うんと時間をかけて畳む。

買った日、買った店、値段なんかを思い出し、そして、

「またお願いしますね」

と心の中で語りかける。ファストファッションのニットにはそんなことはしない。
私は彼らに冷たくあたるかも。だからあまり買わないことにした。

（二〇二一年二月号）

一本のチーク、一枚のスカートで人の心は本当に励まされる

本当に久しぶりに、銀座の化粧品売場に出かけた。コロナが流行り出してからは、うちにあったものを使ったり、ドラッグストアで買ったりしていたのだ。

ふだんから使っているファンデーションがある。それは本当にすぐれもののリキッドで、一滴か二滴で全体をカバーすることが出来るのだ。このファンデーションの代替品はない。うちにあるもらいもので試してみたが、やはりダメ。そう、ファンデというのは、メイクの基本であるのだからと、デパ地下へ向かう。高揚していたらしい。

そのファンデを買った際、若い店員さんから

「下地クリームはいかがですか」

と聞かれ、はい、と反射的に答えてしまった。すぐに後悔する。なぜならうちには、ドラッグストアで買ったばかりの下地が二本もあるのだ。しかもカードで支払ってびっくり。下地クリームは八千いくらもするではないか。

「ミエ張ったばかりにムダ遣いしちゃった」

とぶつぶつ言いながらもさっそく使ってみる。そうしたらびっくり。ほんのちょっぴりでなめらかにのびる。力を全くいれなくてもするするとのびる。そしていっきに肌がピカピカとなめらかになった。驚いたことには、別のブランドで買ったボディクリーム、これもすうっとのびて、朝は肌のなめらかさが違う。いつもの安ーいものではこうはいかない。

「やっぱりお金をかけなきゃなー」

としみじみ思った次第だ。

コロナ禍で私たちは、化粧品売場をのぞく楽しみをすっかり手放してしまった気がする。

ＢＣ（ビフォー・コロナ）の時、あそこは確かにわずらわしかった。綺麗な女性

がずらーっと並んでいるので威圧感がある。そして必ず、

「お名前いただいてますか」

　と聞かれ、カード書くのもちょっとなぁ……。しかし今、ディスプレイされたリップやチークの新色を見ると心が躍る。今は試せなくなっているけれど、鏡の前でちらっとつけるのも楽しかったなぁ。お洋服に関しては、また別の考えがあるかもしれない。この半年、私はかなりファストファッションを愛用してきた。最初はうちの中でだけのつもりであったのだが、外に着ていっても何ら問題ない。よって同じスカートを二枚購入したことも。

　オシャレな人は、コーデのテクニックを持っているので、ハイブランドとファストファッションをうまく着こなしていく。が、そういう中にあり、やはり最近私がいいなぁと思うのは、ハイブランドの数々。それもさりげないもの。友人が着ていた凝ったニット。ブルーのなんともいえぬ色合い、そして袖口と肩の糸の処理の仕方。糸の太さを変えて、わざと目立たせている。

「ステキ、なんてステキなの！　それ、どこ」

　と声に出して聞くと、

「五年前のセリーヌ」ということになる。

昔のシャネルのピーコートも可愛かったなぁ……。

そしてつくづく思ったのである。

「やっぱりファッションは、お金をかけなきゃダメ」

大人だったら、全身ファストファッションだとちょっと悲しい。組み合わせることの出来るオーラを放つ、〝おハイソ〟のアイテムがあってこその、お遊びや余裕ではないだろうか。

ドラッグストアの化粧品のパッケージは、万引き防止のためか、それはそれは厳重になっている。

ハサミでも切れないことがあり、バリバリとカッターを使う。そのたびに、私はちょっとわびしい気持ちになるのだ。

そこへいくと、高級化粧品の包装の美しいこと。小さな買い物でも、ちゃんと袋に入れてくれる。あれも値段の中に入っていると思うけど、やっぱり嬉しい。

キレイになる種子は、一見ムダなことによって育つ、ということを私はこのコロナ禍で実感したのである。

というようなことを書くと、金持ちぶってという人もいるかもしれない。が、私は昔からずっと言い続けてきた。

自分でお金を稼がなくてはいけない。

一本の口紅が買えない女にはなってはいけないと。

コロナ禍が始まってから、つらいことがいっぱいだ。経済的にも追いこまれていく人は多いに違いない。が、一本のチーク、一枚の贅沢なスカートで人の心は本当に励まされる、ということを知った日々でもある。

パートナーに求めてはいけない。自分を励ますためのものは自分で買わなくては。

そして私は最近丁寧にメイクするようになった。

（二〇二一年四月号）

こんな世の中、助け合わなくては生きていけない。心が動くまま、すぐ実行しよう

今年は東日本大震災から十年めということで、マスコミも大きく取り上げていた。

当初私は何も出来なかったが、避難所に物資を届けるグループに入れてもらったり、学校で出張授業したりと、少しずつ動き始めた。

そこで知り合った、若いボランティアの男性たちのことは忘れがたい。みんな自分の仕事を中断して、東北に向かったのだ。

いつも車を運転してくれた、元自衛官の男性がいた。その彼と大川小学校の前を

通った時のことだ。私は車を停めてもらい合掌した。まだ生々しく津波の跡が残っていた頃だ。その時彼はこう言った。「観光気分でここでパチパチ写真を撮る人がいてすごく腹が立つ」

　私は自分のことをとても恥じた。合掌の後一枚ぐらい、携帯のカメラで撮っておこうかなぁとちらっと考えていたからである。

　この後、彼のツイッターを読んでいたらこんな言葉が。

「僕たちは試されている」

　確かにそうだと心にしみた。多くの人が未曽有《みぞう》の災難に遭い、苦しんでいる。そんな時、どういう行動をとるかで人間の真価が問われるのではないかと。

　その後、友人たちと小さなボランティアグループを立ち上げ、それは今に続いている。

　昨年はコロナで中断したが、毎年三月十一日にはサントリーホールで、盛大なチャリティコンサートを行っている。このグループは有名音楽家や作詞家が中心になっているが、こまごまとした実務は、女性ボランティアたちが担当し、その優秀さといったらない。震災で親御さんを亡くした子どもたちとの連絡、相談。そしてイベントの計画をてきぱきとする。

ふつうの家庭の奥さんがほとんどであるが、ボーッとしてあまり役に立たない私とはえらい違いである。

が、別のところでいろいろやっているから大目に見てほしい。

ある時、有名な評論家が私に言ったことがある。

「人間、50歳を過ぎたら、仕事の三割は、お金をもらえないものにしなきゃダメだよ」

どういうことかというと、自然な形でボランティアをしろということである。確かに子どもたちに向けての出張授業や講演などで、お金をいただかない仕事が増えた。またいろんな団体に所属すると、会議でものすごく時間がとられる。忙しくて忙しくて、時には何でも引き受ける自分がイヤになることも。するとあの言葉が甦ってくるのである。

「僕たちは試されている」

そう、人のために何もしない人生は、なんてつまらないんだろう……などというと、私がものすごくいい人のようであるが、そんなことはない。日々の暮らしの中で、自分の利益を守ろうとしたり、我《が》を通したりすることはしょっちゅうだ。人と争うこともある。が、人間争うというのは、同じ土俵で、実力も同程度と認め合う相手と論争でぶつかり合うこと。悪いことばかりではないと達観している。

　しかし、災難によって、いろいろなものを失ったり、つらいめに遭った人を見た時、このままではいられないと体が動く。心が騒ぐ。この気持ちはいつも持っているつもり。よくいろんな人から、どうやったらボランティアを出来るか、と聞かれることがあるが、その時はこう言う。

「心が動くまま、すぐに実行しよう」

　あれは東日本大震災から半年後、東京でママ友たちとランチをとっていた。その時私は、東北のある街で中学校が流され、高台の廃校だったところで仮設校舎がつくられていたことを話した。

「今夏休みで遅れていた勉強や部活をしているけど、給食代は国から出ないの。ボランティアの人が今つくっているけど、カンパしてくれないかな。このランチ代ぐらいでいいから」

　と頼んだところ、たちまち寄付が集まり、それなら定期的に給食をつくりに行こうという話が持ち上がったのだ。その時のママ友のつながりが、後のボランティアグループに発展している。

しかしもし自分に、それほどの気持ちや時間の余裕がないと思ったら、何かやっている人を助けるのもボランティア。このあいだのチャリティコンサートには、多くの友人、知人が来てくれた。そして素晴らしいコンサートだったね、来年もまた必ず行くね、と言ってくれる。それはどんなに主催者側を励ますことだろう。

こんな世の中、助け合わなくては生きていけない。本当にそう思う。「自分の稼ぎの三割はタダ」は特殊な例として、「自分の人生の三パーセント」をまずはめざす。ボランティアで得た友情や人生観はそれだけの価値があるから。

（二〇一一年五月号）

クローゼットだけでなく自分の心もダイエット

ゴールデンウィークはどこにも行かず、ひたすら断捨離にあけくれた。

この何年か奥に踏み込めなかった〝チョモランマ〟ことクローゼットへ。ウォーキングクローゼットのはずであるが、途中でひっかかっている回転式ラックや、衣裳ダンスが全く機能していない。床に落ちているものもいっぱい。

多くの女性がこういう時、自分の性格を嘆くのではなかろうか。特に私はそう。

ブランドもののカーディガンは、二十枚を超えていた。

黒いスカートは十数枚。同じようなジャケット、セットアップも似たようなものが何枚も。

買ったものをすぐに忘れ、ラックにかけっぱなし。そして

「着ていくものがない、ない」

とすぐ買いに行く。

まあ、ショッピングは私の大きな楽しみだから仕方ないとして、このだらしなさはどうなの。せっかくの洋服が可哀想だ。私は決めた。三年間着なかったものは処分しようと。そう、処分。

ここまで服がたまったのには理由がある。世の中にメルカリが出始めたからだ。

「こんなに高いもの、捨てたりあげたりするのはもったいない」

という気持ちが、服の山をつくっていたのだ。

そもそもメルカリといっても、あれをやってくれる人は私のまわりに誰もいない。ひと頃知り合いの子にバイトでやってもらったが、途中でほっぽりだされてしまった。

それに私の場合、サイズが合う買い手がなかなかいないのだ。

もうこうなったら、いさぎよく捨てるか人にあげよう。幸い、といっては何だが、うちの親戚は似た体型が多い。

昔のシャネルのボウタイのブラウスも、ヴァレンティノのワンピもダンボールの中に入れる。

「これ、もったいない……パリで買ったものなのに」

とためらう時、私は歌を口ずさんだ。

「シャリ、シャリ、シャリ、シャリ……」

そう、断捨離のシャリ、である。

そしてゴミ袋四つの洋服を捨て、ダンボール三箱を田舎に送り出したのである。

「痩せたら着られるはず」

と、とっておいたワンピもスカートも、みんな送った。

「シャリ、シャリ、シャリ」と歌いながら。

洋服のあとは着物にも手を伸ばす。

ご存知のように、着物は私の大きな趣味であり喜び。いったいいくらお金を遣ったか空おそろしいぐらい。

が、私の数少ない美徳のひとつは

「ものばなれがいい」ということである。

「いちばん喜ぶ人にあげる」

というのをモットーにしている。たとえば記念品の数々。詳しくはいえないが、それはファンにとっては垂涎《すいぜん》のものになる。

「私が持ってたらただの場所ふさぎ。あなたには宝もの」

とプレゼントしてきた。親戚の中に、最近着物にめざめた女性がいる。子どもの中学の入学式に、私のあげた訪問着を着た写真を送ってくれた。こういうのはとても嬉しい。

しかしふつうのOLなので、高いものは買えるわけもなく、彼女のために私が選び出したのが色留袖と訪問着。

色留袖はそれはそれは美しいひわ色で、竹がまっすぐに描かれている。私の大好きな着物であった。値段だってものすごくした。しかし私の年齢だと派手過ぎる。

これ、いくらなんでももったいないんじゃない？　価値がわかるかしら？

もしかすると、将来娘が着るかも……。

そんな時、私はいつのまにか、あの

「シャリ、シャリ、シャリ」

を口ずさんでいたのである。

そう、着物には寿命がある。くたびれてからでは遅い。まだ新しいうちに喜んでくれる人にあげる。それも近親者に、というのが着物のいちばんの幸福。断捨離着物はどんな高価なものでも、業者に売れば二束三文《にそくさんもん》である。見も知らない他人の手に渡るのもイヤ。どうか元気で。彼女のところで第二の人生を歩んでほしい……。

そして断捨離をした私のクローゼットは、かなりマシになった。ジャケットがざーっとラックにかかっているのは壮観である。今は本の整理にかかっている。「シャリ、シャリ」と歌いながら……。断捨離は本当に心のダイエットかも。

（二〇二一年七月号）

「夏は、白スニーカーさえ履けばＯＫ」。でも、それじゃつまらないよね

夏は若い人たちが有利になる。これは確かだ。

ファストファッションのＴシャツやワンピを、のびのびと着こなしている。白いＴシャツだけでサマになる。本当に羨ましい。

私も以前真似をして、可愛いプリーツスカートを買った。とても気に入っていたのであるが、ある日事件が起こった。

電車に乗ったところ、目の前に全く同じスカートをはいた若い女性がいたのだ。

もちろんあちらの方がはるかにサマになっている。

「ごめんなさい……」

とオバさんは心の中で謝り、すごすごと次の駅で降りたのである。

　しかし夏にはマストアイテムというものがあり、これはどうしてもはずせない。若い人たちが着ようと着るまいと、どうしても必要なものがあるのだ。

　まずは白Tシャツ。これには強いこだわりがある。海外ブランドで求めていたこともあったが、七、八万円という価格に抵抗が出てきた。しかもストレッチ素材なので胸が強調される。

　通販で三千円台のものを大量に買ったこともあったが、二、三回洗うと生地がしなってきた。今は三、四万円のものに落ち着いている。

　どうして私がTシャツにそのようにお金をかけるのかというと、高いものは大切にするからだ。買って二年はクリーニングに出している。よってビジューがちらっとついたものも、今も変わりなく着ることが出来る。

　Tシャツには思い出がつきものだ。旅行した先々で買うことが多い。私は宮古島で求めたゴーヤーの模様のものを、夏のふだん着にしばしば着ていて、娘にとても嫌がられた。

　ヒット、と今も思っているのは、台湾の夜市《よいち》で買ったTシャツである。千五百円という価格にもかかわらず、素敵なイラストにビジューがいっぱいついていた。たとえばトウシューズの絵に、光るものがキラキラ。

お土産にもいいと思い、十数枚買ったところさらに値引きしてくれた。友人にもあげ、私も着たっけ。

まあ、そういうお遊びのものは別にして、私がお金をかけ、クリーニングに出しても白いTシャツを重要視するのは、夏、ジャケットのインナーにするから。シャツやブラウスではなく、ジャケットのインナーは白Tシャツと決めているからだ。Tシャツが白くピシッと決まれば、シューズは白のスニーカーにする。今夏、白いスニーカーを履くと、たいていのコーディネートはうまくいく。私はセットアップにも、真《ま》っ白《しろ》いスニーカーを組み合わせる。夏らしいしオシャレにも見える。

が、これが私にとって鬼門かもしれない。

以前、ユーミンこと松任谷由実《まつとうやゆみ》さんと、着物雑誌で対談させてもらったことがある。着物においてもファッションリーダーの彼女は、基礎を踏まえながらも、ユニークな小物使いをして、それが本当に素晴らしかった。

その時、

「着物の雑誌でこんなことを言うのはナンだけれど」

と前置きして、

「着物を着てれば、それでオッケーというのが好きではない」

とおっしゃった。

その意見、私もすごくよくわかった。

中高年の女性がドレスアップしようとする時、ドレスだとものすごく考えなければならない。アクセサリーからシューズまでコーディネートしていく。

あまりにもゴージャスにするとダサくなるし、ふつうっぽくてもつまらない。さりげなくて、非日常的なドレスアップは、着物だとラクチンである。ルールにのっとって着物を選べば、あれこれ言われることもない。今の時代、着物を着てるだけで、すごいことになり、なんとはなしに誉められる。着物は万能感がある。

でも、それじゃつまらないよねと、ユーミンは言いたかったのだし私もそう思う。白のスニーカーも着物と同じにおいがする、というと唐突だろうか。これさえ履いていれば、すべてオッケーという感じは似ているかも。特にブランドものだとみんなに「えー、ステキ」とか言われる。

だけど本当にこれでいいんだろうか。今年はサンダルも面白い形がいっぱい出ているし、大人の女性だったら、やはりストッキングをはいてパンプスを履きたい場面もある。

それなのに私は白スニーカーで通そうとしてしまう。

「なんか文句ある」光線を知らず知らずのうちに発しているはず。

（二〇二一年八月号）

迷って、
背伸びして、
心はずんで。
冬のコート選びは、
生き方を映すもの

今年は、九月のはじめ早々にコートを買ってしまった。

キャメルのカシミアの、ごくオーソドックスな形だ。シルエットが実に美しくひと目惚れしてしまった。

コートを買うというのは、かなりの決心がいることだ。まず値段が高いし嵩高《かさだか》い。失敗は許されないのである。

毎年コートを買う人はまずいないだろうから、どのくらい時間に耐えられるか考

えなくてはならない。あまりにもトガったものを買うと、すぐに古くさくなってしまう。

　そうかといって、ありきたりのものを買うと心がはずまない。私は何年間か、紺色のロングコートを愛用していたのであるが、そのうちぞんざいに扱うようになってきた。コートを着る、という行為があまりにも日常になってしまったからである。ブラシもかけなくなり、生地が傷むという理由でクリーニングにも出さない。早い話がすっかり飽きてしまったのである。

　いつも不要になった服は、田舎のイトコのところに送ることにしているのであるが、値段を考えるとぐずぐずしてしまい今も手元にある。

　そう、私は昔から、コートはうんと背伸びする方である。ミエっぱりと言われそうであるが、コート類は人に預けるものだ。レストランのクロークで、店の人はちらっとラベルを見るに違いない。そのためにも、高級ブランドの上質のものを選んできた。

　ある時、年上のお金持ちの友人のコートのラベルを見て、若いＯＬ向けのブランドなのでちょっと驚いたことがあった。スーツやバッグなどにはものすごくお金をかける人なのに。コートにはそれを着る女性の、生き方の嗜好《しこう》があらわれているような気がして仕方ない。たぶん彼女は、コートに機能的なものを求めていたのだろう。

私は大人になってから、ますますピーコートが好きになった時期がある。紺色で金ボタンのピーコートを着ると、学生の頃に戻ったような気がした。学生時代と違うのは、ものすごく上質な素材を使ったブランド品だということ。

香港で「エイヤッ」と買ったそれをとても大切にしていたのであるが、やがて気づいた。肩パッドのせいで、かなり古くさい雰囲気になってきたことを。

コートなんて、古くさい感じが出た方がいいんだ、という人もいるだろう。しかし顔が古びてきた年代の女に、大きな肩パッドのコートは、ちょっとみじめな感じになってしまう。

コートは何年も着るもので、流行を追うものではない。しかし度を越すと、わびしさがつきまとう。

私はこのピーコートの後、ものすごい冒険に出た。高級ブランドの、白いマントを衝動買いしたのだ。

その時はとても似合うような気がしたのであるが、タテヨコ大きい私が羽織るとボリューム感がハンパない。白い物体が歩いているようで、さっそく着るのをやめてしまった。そして私がたどり着いたのが、よくある話であるがダウンコートである。着てみると暖かいし軽いし、こんな便利なものはない。最近ではかなりフォーマルなものを着ていても、コートはダウンでオッケーという感じになってきた。それどころか、カクテルドレスと組み合わせると、都会的でオシャレな感じにもなってくる。黒いロングのコートは本当に活躍してくれた。

昨年から今年にかけてのコロナ禍の長い長い冬、お出かけすることもなく、私はこの黒のコートだけで過ごしたのである。

が、冬が終わろうとする気配を感じたある日のこと。銀座に用事があって出かけた。街ゆく人はいち早く春の装いをしていた。みんなコートを片手に持ち、明るい服装をしていたのである。

その時、ショーウィンドーに映る自分の姿を見て、思わずキャッと叫んだ。黒いコートで猫背気味に歩く、マスクのおばさんがいるではないか。マスクをしているのは仕方ないとしても、なんて暗く不機嫌そうなおばさん……。

私はそのままデパートに入り、いきなり目に飛び込んできたピンク色のハーフコートを買ってしまったのである。しばらく得意顔で着ていたが、さすがにあまりにも派手だとわかり、20代の姪にあげてしまった。

考えるとなんてコートに迷う私。当然数もある。今までクリーニング店に保管してもらっていたのであるが、ほとんど着ていないのにクリーニングすることに抵抗があり、今年から圧縮してわが家で保管。新入りのキャメルコートはもちろんそのままだけれど。

（二〇二一年十一月号）

さまざまなことを考え、試したこの二年。さぁ出動開始だ

この原稿を書いている最中、コロナは収束の動きを見せ始めた。感染者の数が劇的に減っている。

しかし来月になるとどうなるかわからない。人類が初めて経験する、未知のウイルスとの戦いなのである。

この二年間というものは、時間の軸がどこかゆるんだという感じ。昨年のことか、今年のことか、考え込まなくてはならない。そして同時にものすごい速さで時が過ぎていく。

85歳の知り合いが、

「コロナは、私たちから元気で何でも出来る、大切な二年を奪ったのよ」

と嘆いていた。
が、若い人は若い人なりに、
「この二年を返してほしい」
という感じであろう。楽しいことが何も出来なかったのだから。私はといえば、コロナ禍はそう悪いことばかりではなかった、と言える。もちろんまわりに深刻な事態に陥った人がいなかったことが大きいが、家にじっとしている時間が出来たことはよかった。

じっくりと長編小説に取り組むことが出来たからである。

美容に関してもある出来ごとがあった。昨年の秋、コロナ禍で外出することも少なくなっていた私は、食べることとＮｅｔｆｌｉｘだけが楽しみ。ソファに寝っころがり、お菓子を食べながらひたすら見続けた。

その結果、人生最大の体重を記録したのである！　この頃、ある雑誌のインタビューを受けたが、カラーグラビア四ページ、まるで雪だるまのような私が写っている。

これではさすがにまずい、ということで、ダイエットを始めた。お医者さんの意見を聞きながら。

その結果、十一キロほど減らしたのであるが、あまり人に気づかれない。それはどうしてか。顔が大きくなっているからである。いくら努力しても、加齢にはかなわない。今の心境を言葉にすると、

「日暮れて道遠し」

であろうか……。

いや、そんなことを言ってはいけない。このコロナ禍において、いかにポジティブに生きるかというのは、私たちの大きな課題であった。

私は一応、仕事とダイエットをやり遂げたのである。それよりももっとすごい人は何人もいて、マスクをしている最中に、歯を治したり、美容にお金をかけた人は実に多い。メスを入れた人はあまり見かけないが、サーマクールやソニックにみんな情熱を傾けていた。ヒアルロン酸も入れて、肌がピカピカしている。

さぁ、出動開始、という感じであろうか。

表参道のショップは、お客さんでいっぱいだ。高級ブランドに行列が出来ている。

「みんな海外旅行に行けない分、バッグやお洋服買っているのよ」

と教えてくれた人がいる。私のスケジュールも、ものすごい勢いで埋まり出した。

このページにも書いたことがあるが、コロナが流行り出した頃、ズボラな私はスッピンをマスクで隠していた。買物に行く時もせいぜい眉をかくぐらい。

「なんてラクチンなの！」

と喜んだのもつかの間、頬に大きなシミをつくってしまった。

「手を抜いたことは、必ず結果にあらわれる」

というのは、コロナで得た大きな教訓である。

最近の私は、どこか行く時は必ずしっかり化粧をする。ファンデーションを丁寧にぬり、アイメイクも手間をかける。マスクで出ている面積が小さい分、しっかりと〝色づけ〟をしなくてはいけないことがわかったからだ。あと歩き方も気をつけるようになった。足の裏が痛くなり、特製のインソールをつくった。その時、右足が外向きになっていることを指摘された。このため体がねじれて、左足に負担がかかることが判明したのである。

最近このインソール入りのスニーカーを履き、ひたすら歩く。もともと散歩好きの私。気に入った路地や建物の中に入って、あちこち見て歩く。

コロナ禍によって、私たちはさまざまなことを考え試してみた。それは「人生修行」というほど大げさなものではなくても、

「自分たちは、いったいこれからどういう風に生きていっていいのか」

と問うた人は多かったに違いない。そのことは決して無駄ではなかったはず。マスクの下の顔に、深みを増していくことも出来るだろう。さぁ出動開始だ。


（二〇二一年十二月号）

「嬉しい」「楽しい」は、ファッションであらわさないと！

少々遅くなる話題かもしれないが、「初芝居」という言葉がある。主にお正月に演じられる歌舞伎のことだ。新年のこの月は特別とされ、女性客はいいおべべを着ていくのである。「初芝居」は俳句の季語にもなっている。

私は月に一度、仲のいい女友だちと歌舞伎に行くけれど、忙しい合い間のためたいていは洋服にする。お茶を長年やっている友人は、必ずといっていいぐらい着物だ。

が、初芝居ぐらいこちらも着物で、ということになった。

何を着ていこうか、とあれこれ悩むのが着物の醍醐味《だいごみ》である。

私は以前から歌舞伎座というところは、「着物の甲子園」だと思っている。梨園の奥さま方もいるが、こちらは別格といおうかプロであるからして、女性客たちが着物を競うことになる。

「甲子園」であるからして、強豪校もいれば、ういういしい初出場もいる。訪問着でばっちりきめてくる方もいれば、紬《つむぎ》の方も多い。みんなそれぞれ好みのものを着てくるのが、芝居見物のいいところ。が、初芝居となれば、皆さんそれなりの着物でくることであろう。何を着ていこうかと一週間前から考える。

新年にぴったりの松竹梅を染め出した訪問着がある。あれにこのあいだ京都で買った銀の帯を締めたらぴったりだろう。

いや、あまりにも仰々しいかも。最近はコロナ禍で、着物姿の人もめっきり減った。ここは黒地の小紋にした方がいいかも。帯はお正月っぽく、羽子板と毬《まり》の染め帯にしようと、たんすから引っぱり出してみる。

当日、友人はクリーム色の古典柄の訪問着に、橙《だいだい》色の帯を締めていた。袋帯は二重に結ぶ。彼女は、

「うまく帯が締められなかったらどうしようかと、緊張して朝の四時に起きちゃった」

ということである。

そして二人で歌舞伎を見て、銀座の「若松」でお雑煮とあんみつのセットを食べ、私たちの楽しい初芝居は終わった。

つくづく思うのであるが、こうした小さなイベントをつくるのは、女性の方がはるかにうまい。男性の場合は、せいぜいが飲み会ぐらいであろう。

中にはいろいろ企画して、人を集めるのが大好きな人がいるけれど、ちょっとビジネスのにおいがするのがナンである。私の友人の場合、招かれた面々を見ると、彼がどういう方面と仲よくしていこうかひと目でわかるほどだ。

そこへいくと女性たちは、本当に好き嫌いだけで集まっているのではなかろうか。コミュニケーション能力が高いからそうなるのか、イベントをやるからコミュニケーションが高まるのか、よくわからない。

ランチ、というのも立派なイベントだ。女友だちからＬＩＮＥが入る。表参道に出来たばかりのチャイニーズだと、こういう時、まず着ていくものを考えるのが女性。最近寒さに負けて、ついニットを着ていったりするのであるが、私の女友だちはみんなオシャレである。真冬でもシルクのブラウス一枚だ。

「ヒートテックで頑張っている。オシャレは耐えることだから」

と聞いて反省する私。新年会はなかなか予約がとれない、高級鮨店のカウンターであった。親しい友人たちだからといって、カーディガンを着ていってしまった。そのカーディガンは、ブランドもので、あったかくて、うんと高い。しかしそんなことは言いわけだろう。カーディガンはカーディガンなのだ。

男性はみんなジャケット。ジャケットといっても、ニットのものや、変わり襟のもの。そして女性は私以外の二人は半袖のワンピであった。みんなの華やいだ気分を、私のもこもこニットがそいでしまったような気がする。すみません。

そう、イベントというのはどういうものを着ていくか、ということなんだ。

昨年はコロナで、随分たくさんのものが中止になったというものの、緊急事態のはざまでたくさんの楽しいことがあった。

友人の別荘での花火大会、

「ドレスコードは浴衣《ゆかた》」

と言われ、昔のものに帯は通販であわてて買ったっけ。バーベキューパーティーに、京都にクマを食べに行くツアー。秋は国産ワインの新酒を飲んだり、白トリュフを食べる会もあった。もちろん宝塚も歌舞伎にも行った。

そんな時、ちゃんとふさわしいファッションをしていったか自信はない。ただ「嬉しい」「楽しい」を色やデザインであらわそうとしたのは確か。

（二〇二二年三月号）

服を買って、忘れて、また買って、整理して……。こうして女はトシをとっていく

いきなり春はやってくる。

昨日までロングコートを着ていたのに、今日はハーフとなり、そしていつしか軽いトレンチコートになっていく。

この季節の変わりめというのが、オシャレのしどころだといつも思っている。ひとよりも早く季節を演出しなくてはならない。ファッショニスタたちを見ていると、その〝早取り〟がすごい。三月のはじめには、半袖はおろかノースリーブを着ているからである。

私はといえば、黒タイツをはくのは二月末で終わりにした。正直に言えばそうな

るように心がけている。いくら洋服を軽やかなものにしても、黒のタイツをはくと、まるっきり印象が違ってくるはずだ。とにかく春になると、洋服を買いたくなる。このところタガがはずれたように買いまくっている私。

それはお気に入りのブランドが変わったことが大きいかも。黒や紺を基調にした、ミニマリズムの服が好きだったのだが、ある日、夫に言われた。

「どうしていつも黒ばっかりなんだ。トシをとったら明るい服にしろ」

そう言われて少し考えるようになったとたん、街は明るい色で溢《あふ》れ出した。

最近私が買ったものはと言えば、オリーブグリーンの革のジャケット、白いシルクのプリーツブラウス、白にグリーン模様のワンピにジャケット、ピンクのカシミアニット、エトセトラ……。

おかげで私のカード代が落ちる口座は、ジリ貧である。しかしお洋服を買うのはやめられない。このトシになって「買物依存症」になったようなのである……。

というようなことを友人に話したら、

「アナタは何十年も前から、買物依存症だったよ」

と言われた。

アルコール依存症の人は、昼間から飲み始めるのが予兆になるそうだ。

買物依存症の場合は、紙袋のままだとかなり重症らしい。

私はかなり前からその傾向があった。紙袋に入れたままでクローゼットに放り込み、いざ、着ようとすると皺《しわ》が寄っていたりする。

本当にオシャレな人は、そんなことをしない。買ってきたものをハンガーにかけて、いろんなものとコーディネートしていく。ついでにアクセや靴も出してみる。こういう時が「至福の時」と、あるファッション誌編集者は語っていたものだ。が、私は違う。紙袋のまま、忘れ去られたものもいくつかある。流行も去った頃、それを見つける。悲しくなる。

今年もものすごく高価な、パイソンのバッグを手に入れたが、ずーっと箱に入れたままであった。というのも、その箱があまりにも立派だったということにもよる。やっととり出したのはおとといのことだ。なぜやっと箱から救出したかというと、別の新しいバッグを手に入れたから。そのバッグについてきた白い袋にパイソンを入れ、バッグ置き場にしまった。

私はこういう浪費の理由を、ずっとストレスのせいにしてきた。物書きというのは、いつも神経をすり減らすような暮らしをしている。なかなか原稿が書けない時のつらさ。やっと本になればなったで売れ行きが気になって仕方ない。

しかし考えてみれば、私よりも何倍も売れるベストセラーのある方は、あまりお洋服にお金をかけない。

「私は全身で二万以上使わないもの」

と得意そうにおっしゃった。

そう、買物をするのはストレスだけが理由ではない。まぁ、洋服が好きなのと、着こなしに自信がないのが大きいかも。

「これを買って着れば、少しはカッコよく見えるかも」

という心理が働いている。そして性格のだらしなさも。

少女の頃から洋服の管理が出来なかった。というより、当時は管理するほど持っていなかったが、とにかくいつも同じものを着ていた。それよりも分度器やコンパスといった教材の数々を保管しておく、ということがまるで出来ず、そのシーズンになるとまた文具屋に行く。そんな気質は大人になっても変わるわけもないのだ。が、一方で断捨離も始めている。最近は親戚のコに、着物をどっさりとわたした。

洋服も地方に住む身内に送る。

整理しなければという気持ちと、新しいものを買いたい、という心とがせめぎ合う私。季節の変わりめに、いつも悩む私である。

こんなふうにしながらきっとトシをとっていくんだ。

（二〇二二年五月号）

どう生きてきたか。それが身に着けるブランド物の価値を決める

今年の春、ちょっと高かったが、海外ブランドのバッグを買った。今年のアイコンというべきもので、どこへ行ってもそのバッグを持ったモデルさんの写真が目につく。

ちょっと派手めのデザインであったが、買って本当によかったと思った。どこへ行っても誉められる。極めつきは、連休に出かけたアウトレットだ。そこのブランドはすごい人気で、大行列が出来ていた。そこに最新のバッグを持って入るのはちょっとイヤらしいが仕方ない。娘の買物につき合ったのだ。

私のバッグはとても目についたらしい。中に入ると何人もの店員さんから声をか

けられる。

「さっそくお買上げありがとうございます」

「やっぱり素敵ですね」

「うちには絶対に入荷しませんが」

私はちょっと得意になったが、ふと不安になった。

「さて、来年はどうしたらいいんだろう」

ちょっとオシャレな人が見たら、すぐにわかるだろう。

「二〇二二年に流行ったあれね」

持つのにためらうかもしれない。かなりむずかしいところだ。考えてみると、大人になった私は、洋服を買う時、「今年の顔」というべきものを避けてきた。もちろん流行は意識しているけれども、

「ハヤシさん、これはコレクションで話題になったものですよ」

と勧められても買わない。そんなものが似合うわけはないし、「〇〇年」を背負っている洋服は私には無理。

ああいうものは、ファッショニスタたちに任せておけばいい……と百パーセント

諦められるかと思うと、そうもいかないのが女性心理の微妙なところであろうか。

たまにであるが、

「来年はどうなるかわからないが、とりあえずどうしても欲しい」

と思うものが出てくる。四年前ぐらいのフリンジがそうだった。あの時はネコもシャクシも、という感じで、みんな袖やスカートの裾をフリフリさせていた。私はある高級ブランドのジャンパースカートを買ってしまった。それは裾にたっぷりと長いフリンジがついている。

長いことロッカーにかけていたのであるが、ふと思った。

「そろそろ着てもいいのではなかろうか」

私の友人のスタイリストは、

「八年たてば何でもオッケー。流行が一巡してくる」

と言っていたが、私はコロナになってそのサイクルがもっと短くなり、四年でもいいような気がする。人々の頭の中から、フリンジのことはかなり薄れてきたのではなかろうか。そのスタイリストは、いろんなことを教えてくれた。その中のひとつに、シャネルとコム・デ・ギャルソンは、絶対に捨ててはダメというのがあった。

「シャネルはもちろん、ギャルソンもヴィンテージってことで、若い人に高い値段で売れるんですよ」

へぇー、そんなものかとすっかり感心してしまった。

彼女は古いものと最新のものとを組み合わせるのがすごくうまい。量販店のものと、高級ブランドとをコーディネートさせる。

「このジャケットは、十二年前パリのエルメス本店で買ったもの。すごく高かったけど、買ってよかった」

その彼女が、教えてくれたのは「パパ活ブランド」という言葉である。

「あそこのお店に行くと笑っちゃう。必ずお金持ちの中年男性と、若い女の子のカップルで来ているのよ」

私はその店に足を踏み入れたことはないのだが、ブランドのモノグラムバッグを持った若い女性はよく見かける。そしてその隣りには、ゴルフ焼けしたノーネクタイの、若くない男性の姿が。

それは私に遠い日の光景を甦らせるのだ。今から三十年以上前、日本にバブルという喧騒《けんそう》があった頃。こうした光景はいくらでも見ることが出来た。

ヨーロッパ線のファーストクラスは、そうしたカップルでいっぱいだった。当時は「パパ活」などというライトな言葉はなく、陰で「愛人ビジネス」などと呼ばれていたっけ。

ジェンダーがどうのこうの、女性の自立うんぬんと言われても、男性に高価なものを買わせる女性はいつの時代もいて、それに流行はない。否定などしません。ただその後どう生きるかだ。愛人ビジネスを経て、ちゃんと経営者になった女性を、私は何人か知っている。相変わらずブランド好きだが、今はちゃんと自分で買っている。それでいいかも。

（二〇二二年七月号）

第二章

捨てるか、
捨てないか。
人でも、
服でも

シンプルで扱いやすかった人間関係が消え去った時代に

自分は古くさいかなあ、と思う今日この頃。こう見えても、人間関係にとても慎重である。初めて会った人から、

「ねぇ、ねぇ、ＬＩＮＥ教えて」

と言われることには抵抗がある。

また目の前で、ふつうの人がたまたま一緒になった有名人や芸能人に、ＬＩＮＥを教えてとねだるのを見るとびっくりしてしまう。

「それはマナー違反ですよ」

と叫びたくなるのだ。

出版プロデューサーをしている私の友人は、あるスターさんととても仲がいい。ある時彼を連れて海外のロケに行ったところ、彼女がトイレに立った際に、スポンサーのえらい人がＬＩＮＥを聞いたのを知った。

彼女は激怒して、

「あなたから聞いたら断われないでしょう」

と、その場で消去させたというのだ。スターさんは喜んでいたという。

私はゲームもしないし、ユーチューブも見ない。それなのに一日のスマホを見る時間が、二時間を超えている。びっくりした。

というのも、みんながやたらＬＩＮＥで連絡をしてくるからである。それに応えているだけでも、ものすごい時間を要しているのだ。

一回、食事会をする。すごく楽しかった。すると必ずといっていいくらい、グループＬＩＮＥがつくられる。そのグループＬＩＮＥで、しょっちゅうお喋りが続く。私はこうしたグループを五つ六つ持っているので、そのせわしないことといったらない。しょっちゅう食事会や飲み会、コンサートの誘いがくる。

どこかで線を引かなくてはいけないのはわかっているが、楽しくてついずるずるとつき合ってしまう。そのうちににっちもさっちもいかなくなってしまうのだ。これは私の問題としても、今、うーんと思うことが続く。それは、

「あなたの友だちは私の友だち」

という感覚だ。

たとえば、エステやお洋服関係に私は親しい人がいる。あるエステはものすごい効果があるうえに、特別料金でやってもらっている。私は最近友人を紹介した。そのエステティシャンは、

「ハヤシさんの大切なご友人ですから、一生懸命やらせていただきます」

と、かなり値引きしてやってくれた。すると一ヶ月後に、彼女は自分の友人を連れてくる。私には何の断わりもなく。

こういうのを不快に思うのは、私が狭量だからだろうか。ケチくさいおばさんだからだろうか。

ＡさんにＢさんを紹介したとする。Ａさんはいろいろ力をもっている人だと、Ｂさんは次の日から、ＬＩＮＥをしかけてくる。

今度はどこそこに行きませんか。

私の仕事を見てください。

私の友人のＣさんを紹介させてください。

その時に、Ｄさんという人も参加させて。

私はＡさんから苦情を言われる。

が、反対にうまくＡさんとＢさんとの関係がまわり出すと、思い出したように私にも誘いがくる。

「今度二人でご飯食べるので一緒にいかが」

えー、いつのまにそんなことに、とちょっと驚く。しかし忙しいから行かないというのも、気分を悪くしていると思われないかと、いじいじ考える私。そしてつい行ってしまうと、そこにＣさん、Ｄさんもいたりして、またここでグループＬＩＮＥがつくられ、お誘いは三倍に。

ちょっと前まで、人間関係はもっとシンプルで扱いやすかったはずではないか。誰かに紹介された人に会う時は、最初の一回ぐらいは元になっている人に了解をとったものだ。

が、ＬＩＮＥの普及によって、そんなマナーはすべてとっぱらわれたような気がする。

最近こう考えることにした。

人にお金を貸したら、もうあげたものと考えるのと同じように、人に誰かを紹介したら、「もう勝手にやってください」と思うこと。先日はお金持ちの男性たちのワイン会に、ある若い魅力的な友人を誘っていった。当然のことのように、ＬＩＮＥ交換があった。私はそこにこう書いた。

「もう私に気を遣わないで、どうか直接彼女に連絡してください。そして仲よくしてあげてください」

かなりいろんなことがあり、たどりついた境地である。


（二〇一九年五月号）

片づけられず、雑然とした中で生きていくのが人間じゃないの！

私がこの世でいちばん苦手なことは、もちろんダイエットで、その次が片づけである。

ダイエットはもう半分諦めているが、片づけはそうはいかない。時々夫が、

「こんな散らかってるとこ、どうするつもりだー、異常だと思わないのか！」

とキレるからである。

そういう自分も「モノを捨てられない男」。ゲスト用の浴室は、夫の昔の資料や本の詰め込み場所となっている。私たち二人の遺伝子を受け継いだ、大学生の娘がさらにひどい。わが家のリビングルームの片隅に、子どもの頃からせっせと〝巣〟

をつくってきた。バッグや雑誌が山積みになっている。

うちは週に五日、お手伝いさんが来てくれるのであるが、住民がこんなもんであるから、さーっと掃除機をかけ、モップで拭くことになる。私はよそのうちに行くたびに、どうして飾り棚やピアノの上に何も置いてないのか驚くばかりだ。

つい先日、テレビで「密着ドキュメント　片づけ　人生をやりなおす人々」という特集をやっていた。もはや「世界のこんまり」となった近藤《こんどう》麻理恵《まりえ》さんが指導するというのでさっそく見てみた。

出てくるおうちが、うちよりもずっと散らかっていて、すっかり嬉しくなってしまった。家中にモノが溢れているのである。

しかしよく見ていくと、この方たちはみんなメンタルに問題があった。過去に不登校や自殺未遂という深刻な出来ごとがあったのだ。

こんまりさんの弟子というべき女性たちは、もはや精神的コンサルタント。彼女たちの話をじっくり聞きながら、過去に向かい合っていくことを教えていった。

これ自体はいい話だと思うのであるが、次第に私はいらついてきた。

「これよりも、ふつうのうちの、ふつうの片づけ方を教えてくれー！」

　とはいうものの、多少はやる気が出てきた私。次の日の午前中は、さっそく着るものの整理を始めたのである。

　そういえば何年か前、

『服を買うなら、捨てなさい』

というスタイリストの人が書いた本がベストセラーになっていたっけ。

　私は毎月かなりの服を買うので、クローゼットの中はたまる一方である。しかもあの、

「痩せたら着られるかもしれない」

　幻想から脱け出せないので、なかなかモノを捨てられない。

　しかし私には故郷という、素敵なブラックホールがあるのである。年に何度か、親戚の女たちにダンボールで何箱か送りつける。もし故郷というものがなかったら、うちはもっとひどいことになっていただろう。

　数年前ぐらいには、実家の一室が倉庫となっていた。しかし母親が亡くなった後、その倉庫を見て愕然《がくぜん》とした。

　モノというのは、どうしてこう手を替え、品を替え存在しているのであろうか。

私の時間の多くは、こうして溢れるモノとの格闘だったような気がする。

ただモノを捨てればいい、というのなら、うちはもっと片づいていただろう。いただきものは、どうやったらくださった方を裏切らずにすむか、ずっと考えてきた。オブジェは一定期間飾る。それから喜びそうな人に譲る。有名シェフからもらった、豪華料理本は近くのレストランに、素敵な写真集は飾りとして行きつけの美容室へ。今悩んでいるのは、ものすごく立派な日本映画の研究書。すべて英語で書かれたこれを喜ぶ人は限られている。日本映画を研究しに来ている留学生だ。

しかし私はいまだかつてこうした人に会ったことがない。残念だ……。

こうしているうちに、私の片づけの手はピタッと止まるのである。

テレビでは、今やアメリカに在住のこんまりさんが出てきた。

「モノを捨てられないで悩んだことはありません。捨てられ過ぎて悩んだことはあるけど」

と涼し気な綺麗な顔を見ているうちに、なぜかむらむらと反ぱつがわいてきた私である。

片づけに悩まない人というのは、人生の何たるかを知らない人である。

人は悩んで悩んで、つらい判断にさいなまれながらモノを捨てていく。雑然とした思い出の中で生きている。これが人間じゃないの、と作家の私は思うわけだ。写真を捨てるなんて絶対に出来ない。

（二〇一九年六月号）

野村監督が亡くなられて思う。「夫婦ぐらい、人生を教えてくれるものはない」

野村監督が亡くなられて、本当にさみしい。

特に親しいということもなく、二十三年ぐらい前、対談で一度お目にかかっただけの仲だ。

「日本シリーズで優勝もしたし、家庭生活もうまくいっていてとても幸せ。これ以上望むことはない」

とおっしゃったのが記憶に残っている。

「とてもいい方だったけど、奥さんがあれじゃーねー」

とその後まわりの人に言ったことも。

当時サッチーは、傲慢《ごうまん》でケチで、人を人とも思わない女性として知れわたっていた。行く先々でトラブルを起こす。そのうえ、学歴を平気でごまかすとんでもないおばさん、ということになっていたのだ。

時々ニューオータニのコーヒーハウスで、サッチーと監督を見ることがあった。たまたま、席がなくて、友人と一緒に入り口の椅子に座って待っていると、サッチーの不機嫌そうな声。

「なによー、今日は混んでるじゃないの」

横入りか、予約していたかわからないが、ずんずんと奥に歩いていく。あわてて後を追う黒服の人。

「サッチーってすごいなー」

とつくづく思ったものである。

あんなイヤな女の人と暮らせる男の人って、どんなんだろうと、ちょっと監督を軽蔑したこともある。

世間のそんな気持ちを察したのか、監督がこんなことを言った。

「世界に男はいっぱいいるけれど、サッチーと暮らせる男は、私一人しかいません」

とても嬉しそうに誇らしそうであった。

サッチーが亡くなった時、こんなコメントも。

「悪妻と言われても、私にとって最高の女房でした」

監督逝去《せいきょ》に伴い、いろいろなシーンが流れる。監督の幸せそうなことといったらどうだろう。目尻が下がってとろけそう。夫人もいとおしそうに夫を見つめている。

あの光景を見るたび、

「いいご夫婦だったんだなー」

としみじみ思う。こんなに愛し合える、ということがすごい。私の友人の二回めの奥さんは、彼よりも二十数歳以上若いが、しっかりしている。友人はもうかなりの年なので、早く逝くはずである。が、残された奥さんはまだ若く綺麗。

お酒を飲んだ時、仲よしなのをいいことに、私は彼にこんなことを言った。「あんまりヨボヨボになって死んだら、○○ちゃん（奥さんの名前）が可哀想だよ。○

○ちゃんはこんなに美人なんだから、いくらでも再婚出来るはずだし」

すると奥さんは真剣なおももちでこう言ったのだ。

「私は主人が死んだら生きていけません」

ひえーっという感じである。この頃つくづく考える。夫婦というのはなんて面白くて奥深いものなのだろうかと。何十万人といる中から、たった一人を選び出して、生涯を共にするのだから。

マッチングが悪ければ、途中で離婚ということもある。最近私のまわりで多いのは、

「別に籍を入れなくても」

という事実婚か。こういう人たちは子どもを持たないことが多いので、日本の人口は減るばかりである。結婚なんかくだらない、という人たちも増えている。

まぁ、それはそれでまるで構わないのであるが、マッチングがうまくいけば、結婚は確実に人を幸せにしてくれるのではないだろうか。

結婚の不思議なところは、別に美男美女だから愛し合っている、長く続く、とい

うわけでもないこと、そしてあきらかに性格が悪い配偶者でも、妻、夫はそうは思わないということ。これも昔の話であるが、バブルの頃、ちょっとした有名人の女の子がいた。文章を書いたり、クリエイティブなことをするのであるが、経歴はデタラメ。いろんな男性と関係を持って、いたるところでトラブルを起こした。

この彼女と、妻子を捨ててまで結婚しようとする男性がいた。仲間たちは彼を説得しようと試みた。するとこう言ったという。

「彼女のよさをオレだけは知ってる」

恋人ならいいけれど、絶対にやめなよ。だけどすぐに彼女の正体わかるよーと皆は言ったが、今も続いているらしい。本当にわからん。

一つ言えるのは、他人はまるでわからないが、当人たちはわかる。それが結婚だ。わかる、という秘密を持って、二人は長いレースに出る。そしてそれが終わった時、寂しさと充足感がくるんだろう。夫婦ぐらい、人生を教えてくれるものはないんだ。

（二〇二〇年四月号）

贅沢な気分になって、まわりを幸せにする力もある「夏の着こなし」とは？

　近くのヘアサロンに、日傘をさして出かけた。わずかな距離であるが、必ず日傘をさす。

　以前は、

「日傘をさすなんてオバさんっぽい」

と拒否していたのであるが、本当にオバさんになり、異常気象を言われるようになってから必需品となった。通販でＵＶカットの高いものを買った。それ以外にも、着物用のものを愛用している。透けるレースが優雅な感じだからだ。この日傘は夏の着物とセットになっている。

　実はこのコロナ禍に、仲のいい女友だち三人で、「夏こそ着物を着ようキャンペーン」を行うことにした。

　頭のクールさと美しさとでずっと尊敬している85歳の女性が、こう言ったのである。

「コロナは、私から大切な一年を奪ったのよ。こんなに働けて頭も動いている晩年の、大切な一年をね」

　その言葉は深く心にしみた。そして友人にこうメールした。

「もう四ヶ月ぐらい、オシャレもしていないし着物も着ていない。夏の着物を着る大切な一年が、あっという間に終わるなんて寂しいよ」

　そして「着物着よ！」ということになったのである。七月から八月にかけて、急に会食の誘いが増えた。もちろん三人か四人の少人数だ。仲のいい友だちと食べることが多いが、ちょっと気の張る方からのご招待もある。そういう時に着物を着るようにした。

　夏に透ける着物を着る贅沢な気分といったらない。絽《ろ》の訪問着だと、あらたまり過ぎるので、食事には上布《じょうふ》を着る。上布というのは、上等な麻という意味だ。

　好きで好きで、この夏もう三回着ているのは、宮古上布である。宮古島で織られる麻の織り物で、藍色の麻の葉模様がすっきり見せてくれ、大のお気に入り。この他にも越後上布というのもある。

　これを買ったのは今から三十年ぐらい前。その時も「ウソー！」という値段であったが、先日、着物の展示会で見たら二倍の値段になっていた。もうつくり手がいないのだそうだ。

　こんなことを書くと引かれそうだが、当然のことながら安いものもいっぱいある。小千谷《おぢや》縮《ちぢみ》や機械で織った麻ものなら浴衣のちょっと上の値段かも。

　仲よしでこの「夏こそ着物を着ようキャンペーン」のメンバー、漫画家の東村《ひがしむら》アキコさんは、最近仕事場に着物で行くそうで、写真を送ってくれる。その素敵なことといったらない。

　色白の若い美人さんのうえに、センスがバツグンなのだ。このあいだは仲間うちの飲み会に、濃い紫の浴衣を着ていらしたが、色っぽくて男性がメロメロだった。仕事場では珍しい型染めの小千谷縮に、献上博多の帯を締めていたのも粋《いき》だったなぁ。

　彼女も私と全く同じことを言っている。

「コロナには負けない。この夏、いっぱい着物を着ましょう」

もう一人のメンバーは、ふつうの奥さんなのであるが、彼女も今夏、着物を着まくると宣言した。

「マリコさん、今度の歌舞伎、私も着物にします。このあいだ手に入れた八重山《やえやま》上布にするつもりです」

そう、歌舞伎も八月にやっと再開されたのである。四部制入れ替えとなり、中での食事も出来ない。今までの形態とは違うものになったが、とにかく動き出したのである。テレビを見ると見物者の中には、着物姿の女性が何人かいた。

夏の着物は、まわりの人を涼やかに幸せにする力がある。先日も銀座のカフェで、薄ものを着た女性が近くに座ったが、白にトンボの模様から目が離れなかった。なんて綺麗な人だろう……。

少し前まで、女性誌で時々着物の特集が組まれていた。着物をもっと着ましょうと呼びかけていた。が、時間がたち、着物はさらに遠いものになってしまったようだ。しかし浴衣だけが残った。浴衣が女性と着物を結びつける唯一のものであった。花火大会に出かける、若い女性の浴衣姿は夏の風物詩となった。

　が、コロナによってそれは失われてしまったのである。数少ない稼ぎどきを失ってしまったのだ。今呉服屋さんの閉店が相ついでいると聞いて心が痛む。もちろんアパレルの閉店もつらいが、力を持っていればいずれは復活出来る。が、着物は違う。一度失った伝統や技術はそのまま死んでしまうんだ。だからこの夏、着物着ませんか。もちろん浴衣だって大人の着こなしで。

（二〇二〇年十月号）

「割れ鍋に綴じ蓋」。夫婦、それでもなんとかやっていこう

この号が出る頃には、アメリカ大統領選は決着がついているだろうか。往生際の悪いトランプさんが、ぐずぐずとまだゴネているだろうか。

とにかくバイデンさんが勝利宣言をして、ハリス副大統領候補が感動的なスピーチをした。

「私がこの職につく最初の女性かもしれない。でも、最後の女性ではない」

と盛り上げ、

「これを見てくれている全ての少女たちが、ここは可能性の国だとわかってくれる」

と締めくくった。

そうだ、そうなんだよなと頷く私。この知性、力強さがアメリカ女性の代表であった。

元大統領夫人のミシェル・オバマもとても素敵な人だったし、ヒラリー・クリントンも実に頭のいい女性であった。ともかくも大統領候補となり、互角の戦いをしたのである。

たぶんファーストレディになるであろうバイデン夫人も、国語教師で博士号を持っているという。

そういうことを考えると、メラニア夫人というのは、かなり異質であった。まるでお人形が歩いているみたい。高価なブランドをとっかえひっかえお召しになり確かに綺麗だけれど、インテリジェンスがあまり感じられない。スピーチしている姿もあまり見たことがない。

トランプ大統領が人権問題で叩かれていた最中、彼女だったら、

「夫は移民の私を尊重し、大切にして愛してくれています。そんな彼がどうして人種差別主義者でしょうか」

とかなんとか、人の心をうつスピーチが出来たはずなのに。メラニアさんを見ていて、つくづくわかったことがある。それは、

「マッチョな男というのは、美しいメスが欲しいんだなぁ」

ということ。

スポーツ選手がマッチョかどうかは議論が分かれるところであるが、オスの本能を奮い立たせて肉体を極限までもっていくことは間違いないだろう。マイナースポーツはわからないけれど、野球選手の奥さんというのはたいてい美人である。昔はＣＡさん、今は女性アナウンサーが定番となる。

反対にエリートと呼ばれる男性、弁護士とか医者の奥さんみんながみんな、わかりやすい美人か、というとそんなこともない。そんなこともない、というと失礼であるが、大学の同級生と結婚している方も多く、外見は派手とも限らない。

そこへいくと起業家の方々というのは、やはりオス度が強いのであろう。タレントさんとかモデルさんが大好きだ……などと書くとヒガミに聞こえるからこのくらいにしておこう。

ただメラニア夫人のような女性を選ぶ人よりも、ミシェル・オバマを選ぶ男性の

方が人間としてずっと信頼出来る気がするのは確かだ。〝お飾り〟としての女性ではなく、個人としてきちんと向き合う女性。人生を共にするパートナーとしての女性。

カッコいいなぁと心から思う。

が、日本人の私は「割れ鍋にとじぶた」という言葉も大好きだ。「とじぶた」というのは「閉じ蓋」という意味だと思っていたが、〝綴じ蓋〟と書くらしい。修復した蓋のことだと。うちなんかまさにこれ。どんな人にも、それにふさわしい配偶者がいる。それでもなんとか、一緒にやっていこうよという励ましに私はとる。

話は変わるようであるが、この国の少子化が止まらない。新聞にある学者の説が載っていた。結婚した夫婦がつくる子どもの数はそう変わってはいない。ただ結婚しない男女が大幅に増えたことが、少子化の原因だという。

女性も、男性も、結婚しなくても自由に楽しく生きていくことが出来るようになった。独身でいても、まわりに何か言われることはない。これはとてもいいことだと思う。

が、私は、

「人それぞれ生き方がある」

という言い方が好きではない。全く正しいことなのであるが、どうしても好きになれない。なぜだろうと考え、わかった。そこに愛がないからだ……。

ある日テレビを見ていたら、世界でいちばん貧しい大統領のドキュメンタリーをやっていた。彼は心を込めて言う。

「人生を一人で生きるな。仲間をつくれ。家庭を持て」

古い、と言われても私はこの言い方が好きだ。もし家庭を持たない人がいても、その生き方は尊重する、という温かさも含まれている。

（二〇二一年一月号）

なじみの店からのメッセージは、ファッションの神さまが送ってくる

昔のことになるが、原宿の交差点にセントラルアパートがあった。多くのクリエイターたちが事務所を持った伝説のビル。

そこの地下にショップ（当時はブティックと言った）が並んでいたのだが、その店員さんの態度の悪さは原宿名物であった。ぞんざいを通り越して横柄《おうへい》。

「アンタには、そんなの似合わない」

「いいじゃーん、いけるよー。これにしな」

タメ口きき放題。先日久しぶりで「１０９」に行ったが、あちらの方がはるかに社員教育がいきとどいている。セントラルアパートの地下の店員さんたちは、本当

にひどかったのだ。

ちょうど「ハウスマヌカン」などという言葉も出て、世間からちやほやされていたことも大きい。地方出身でオシャレにはまるで自信がない私などは、行くたびにすくみ上がり、二度と行くものかと思った。

一方こういう店員さんに気に入られ、可愛がられるお客もいるわけで、そういうコたちは優越感を持つようになる。

セントラルアパート地下のショップの顧客になることは、選ばれし者なのだ。個性的でオシャレな女の子たち。

また歳月は流れ、バブルの頃となる。大昔のことで、今はその店舗は移転しているが、当時某ホテルの一階にシャネルブティックがあった。ここの店員さんは権高《けんだか》なことで有名。ニコリともしないし、こちらが常連顔しようものなら冷たい対応。それでもひとつ、ふたつ買ううちには「ハヤシさま」と呼んでくれるようになった。一緒に行った友人からは、
「すごいねー。シャネルで名前憶えてもらってるなんて」

などと言われ、私はすっかり得意になってしまった。

ある時友人を連れて慣れた手つきでドアを開け、顔なじみ（とこちらは思っていた）の店員に、親しく

「こんにちはー」と声をかけたら全く無視された……。

まぁ、そんな時代をへて、今多くの女性がなじみのブランドやショップを持ち、店員さんと関係を結んでいるはずである。なじみの店を持つのは楽しい。安心出来る。

私も三つほど基本のブランドがあり、それぞれの店に担当の女性がいた。高級ブランドになると、店員さんも高学歴。大卒はもちろん、二ヶ国語を喋る人もざらだ。すべての人と仲よくなったわけではないが、中には友情を結んだ人もいる。いちばんの得意は、縁談をお世話したこと。すごい美人で人柄のいい担当の女性と、私の友人とを引き合わせたのだ。二人はたちまち結婚した。

女性は音大卒、友人は実業家で音楽好き。うまくいかないはずはなく、ウィーンやニューヨークのオペラ劇場での写真が、コロナ前までしょっちゅう送られてきたものだ。別のショップの店員さんとは長いつき合いで、お子さんが出来た時はささやかな出産祝いの品を渡したりした。

が、彼女たちとも別れの時はやってくる。別の店舗に異動になったり、本人の都合でやめる時は、

「いろいろお世話になりました」

と言い、次の担当者を決めてくれる。

「これからはこの者が、おつき合いさせていただきます」

とこのあいだもあった。

が、この時私は、ちょっとイヤーな予感を持ったものだ。その若い店員さんが、こちらに何の興味も持っていないことが伝わってきたからである。

案の定、私への連絡はいっさい来なくなった。それまでの担当者とは十年以上のつき合いで、しょっちゅうＬＩＮＥやファックスをくれたものだ。

「こんなワンピ入荷しました。ハヤシさまにぴったりだと思いますよ」

可愛いイラストを描いてくれたことも。私のサイズを探すのは大変だったろうが、イヤな顔ひとつせず、別の店舗を探しまわってくれたりもした。

が、次の担当者は全く無視。私が年に二度ものすごく楽しみにしていた、シークレットバーゲンのお知らせもついになかった。

ちょっと腹が立ったが、こう思うことにした。

あのブランドは、デザイナーが変わってからどんどん若い人向けに、トガったものになっていったっけ。シーズンごとにかなり買ったものであるが、着ないものも出てきた。

これはもうファッションの神さまからのメッセージだろう。

「このブランドとはもう終わりにしなさい」

いつまでも着こなせると思っていたのは自分だけ。ジャッジは下されたんだ。

（二〇二一年九月号）

確かにセンスは
生まれつき。
だけど諦めても、
居直ってもいけない

この号が出る頃には、終わっていると思うが、冬季北京オリンピック開会式、なかなかしゃれていた。

シンプルで短く、最後のトーチがそのまま聖火になるのには意表をつかれた。

「中国には国力や経済力で、とっくに負けているけど、なんとセンスでも負けていたとは……」

がっくりしてしまう私。

しかしこの後、ボランティアのふるまい、中国だけを応援しているさまを見ていると、

「開会式の監督にはあるかもしれないけど、国民のセンスはまだまだかもね……」

とつい考えてしまう。

それではセンスとは、いったい何であろうか。この頃そのことについてよく考えるのは、自分について反省することが多いからに違いない。

いくらお金があっても、センスを身につけることは出来ない私は洋服にかなりお金を遣う方だ。流行もかなり意識している。何十年もそういうことをしているのに、自分でもセンスがいいとは思えない。人に言われたこともない。

「ねえ、センスってどういうものだと思う？」

いつも行くサロンの美容師さんに尋ねたところ、

「生まれつきのものだと思う」

ときっぱり。

やっぱりと思う。私のまわりには、ファッション誌の編集者、スタイリスト、ヘアメイクといった、センスのカタマリのような人たちがいっぱいいるのであるが、彼女たちに話を聞いてみると、

「子どもの頃から、お洋服が大好きだった」

という返事がくる。

「明日どうしてもこのシャツを着たい、って思った時に、夜中に洗ってアイロンをかけた。こういう時に、私って本当にオシャレが好きだなぁって思った」

なるほど、私にはこういう経験がまるでない。明日着たくても、汚れていたら諦める。別のもので我慢する。

そもそもセンスがよくて、オシャレが好きな人だったら、体型に気をつけるでしょう。プロポーションがよければ、Tシャツとデニムでも、ばっちり決まる、というのはモデルさんを見ていればよくわかる。

が、ちょっと待てよ、と私は思う。長らくファッション雑誌の編集者をおやりになり、とうに引退した方を知っているが、この方は私と同じようなふくよかな体型。しかしアバンギャルドなものも自分なりに着こなして大層カッコよかった。

そして近くにいるA子さんのことも話したい。彼女は広告代理店に勤める50代の女性、といってもクリエイターではない。ほとんどお化粧もしていないし、一見ふつうの地味な女性である。着ているものも、ふつうのニットやパンツが多い。

しかし会っていると、しみじみ、

「オシャレな人だなぁ」

と感嘆してしまう。雰囲気がなんとも素敵なのだ。よく見ると、ニットの襟から非常に計算された分量で白のTシャツが見える。そこに細いチェーンとベビーパールのネックレスがかかっているのだが、その長さと組み合わせが絶妙なのだ。

私は密かに彼女のことを、私のお手本としている。化粧に頑張らなくてもいい。ブランドものや流行ものを取り入れなくてもいい。ただ細部には凝る。全体のバランスと色を計算する。が、こういうのは一朝一夕《いっちょういっせき》で出来ることではない。

私の担当の女性誌編集者が言った。「入社したての頃は、先輩のチェックが入ります。『こんなヘンな格好で、会社に来ないでくれない』とはっきり言われました。でもそれが私を鍛えてくれたかも」

なるほどこういうこともあるのか。

また洋服のセンスがいい人は、住んでいるところも素敵。食器も素敵。そう、暮らしの隅々にまで、自分の好みでまとめているのである。

センスは生まれつきだというのは確かなことであるが、そこで諦めてはいけない。居直ってもいけない。私はまだ頑張るつもり。

たとえば上質なニットに、流行の丈のスカートを組み合わせる。靴も注意深く選べば、ここで七十点はもらえる。九十点にするためには、何かをつけ加えなくてはならない。アクセやスカーフの登場だ。私はこういうものを女性誌のグラビアから学ぶ。私が女性誌のグラビアを愛する所以《ゆえん》である。ファストファッションが栄え、女性誌が衰退してから、七十点の人ばかりになった。みんな九十点になろうとは思わない。残念だ。

（二〇二一年四月号）

服でも人でも、捨てるか捨てないかの仕分けはすべき

つい先日のこと、五木《いつき》寛之《ひろゆき》さんの本について、ご本人と対談させていただいた。

五木さんといえば、小説の黄金期をつくられ、そして今もベストセラーを続出する稀有《けう》な方である。本格的に宗教を学ばれ、その知識と教養の深さは、文学者というよりも学者、それも哲学者に近い。

その五木さんは昨今の断捨離ブームに疑問を抱かれ、捨てないことから人生の滋《じ》味《み》が始まると書かれているのだ。

古いロンドンブーツから、それを買った海外の街角、当時の若者たちの空気が伝わってくる。そして結局、人間は思い出と遊ぶのだから、そのよすがとしてモノは捨てない方がいい、とおっしゃっている。

まさに我が意を得たり、と思った。私もモノを捨てられない性分なのである。それは思い出と遊ぶ、というよりも単にだらしないだけなのだが、やはり捨てられない。

本は仕事柄増えるばかりであるが、これは田舎の本好きの親戚に送る。洋服もまとめてダンボールで送る。が、どうしても処分出来ないものがいっぱいある。昔買ったシャネルスーツ。こうしたものをポンと買っていた自分が懐かしい。度胸も稼ぎもあったし、シャネルのお洋服も今ほどは高くはなかった。その他のブランド品のドレスもいっぱいとってある。

「パーティーに行く時いいかも」

考えてみると、私はそういうところに行くことがほとんどない。パーティーピープルとは違うのだ。せいぜいが出版関係の受賞祝賀会くらいである。それなのに、シースルーやレース、ラメのドレスを見るとつい買ってしまう。こういうものが好きなのだ。とっておく。捨てられない。

おかげで洋服は溢れかえり、クローゼットをはみ出し、寝室のロッカーにかかっている。

あまりにも量が多過ぎ、全く把握出来ていない。よってつい最近買ったものでコーディネートがなされ、同じものばかり着ていることになる。人間関係もそう。私はみんなにいい顔をしたがる性格である。

ＬＩＮＥが入ってくる。昔の知り合いからだ。

「東京に転勤になりました。近いうちにご飯食べませんか」

彼女とはもう何年も会っていない。わりと話がつまらない人。今もきっとつまらないはず。会いたくない。

だけど私はこう返事をする。

「いいですね！　ぜひ近いうちに食事をしましょうね」

すると向こうは必ず言う。

「今月で空いてる日にち教えて」

忙しい。毎晩食事のスケジュールがいっぱい。

「今月はまるで空いてない」

「じゃ来月のスケジュール見て」

こうして私の貴重な一日は、あまり会いたくない人に使われてしまう。

どうしてこんなことになるのか。昔お世話になったのに、昔仲よくしていたのに、それをあっさり忘れてしまう。薄情者と思われたくないからだ。

よく芸能人、特に女性はこう言う。

「ギョーカイの友人はいません。学生時代の友だちと会うのがほとんどですね」

こういう気持ちはわかる。青春を共にした人がいちばん気が楽だし、それにこういう回答をすれば、

「有名になっても、昔の友人のことを忘れない誠実な人」

という印象を世間に持たれる、ということもあるだろう。

しかし人間がステップアップしていけば、かつてつき合っていた人たちとズレが生じるのはあたり前のこと。芸能人なら必ず、同級生から、

「色紙書いてくれ、写真撮らせろ」

と頼まれたことがあるだろう。私の友人の物書きは、ＯＬ時代の友だちと久しぶりに会うのを楽しみにしていたら、知らない顔がズラリ。

「あなたのファンだから連れてきたの」

ということでかなり怒っていた。

何を言いたいかというと、洋服でも人でも「捨てるもの」と「捨てないもの」の仕分けはするべきかな、ということ。勇気を出して。

洋服と同じで、人間のサイズと好みも変わる。それでもとっておきたいものが、本当の友人で本当のお気に入り。

ところで女性が絶対に捨てないものがある。かつての彼からのプレゼント。貴金属は本当に貴重だ。触れるたびに楽しくせつない思い出が甦る。昔の彼っていいですよね。永遠にカッコよくトシをとらない。やがてどうしても会いたくなる。

そして会えばたいていがっかり。でも思い出はそれとは全く無関係に生き続ける。だから捨てない。

（二〇二一年六月号）

確かに自分を大人にしてくれた、バーという空間のこと

長いつき合いの編集者からＬＩＮＥが来て、

「バーＲのＯさんが亡くなった」

とあり、絶句してしまった。

時々新聞に、「ゴールデン街の名物バーが閉店」

などという記事が出る。そのたびに、

「いくら記者さんの行きつけの店だからといって、読者とは何も関係ないじゃん」

と私は鼻白む。

しかしまぁ、バーＲの話を聞いてもらいたい。八十年代、九十年代にかけて、東京のある文化の中心にあった店なのだ。アーティスト、文化人、錚々《そうそう》たる人々が常

連であった。本も何冊か出ていて、東京でいちばん気取ったオシャレな店だと言われていた。オーナーのＯさんがすべて仕切っていた。「バーテンダーというのは司祭である」と言ったのは作家の村上龍《むらかみりゅう》さんであるが、村上さんもよくカウンターでお見かけした。

店内は隅々まで、Ｏさんの美意識によって構成されていて、素晴らしい盛花、ピカピカに磨かれたグラスを思い出す。コースターは確か、これまた常連の和《わ》田《だ》誠《まこと》さんがデザインされたはずだ。

若かった私にとっては、本当にハードルの高い店で、初めて行った時、緊張と酔いで気を失い、スツールごと倒れたというのは有名なエピソードになった。

行儀の悪い客には、Ｏさんの冷たい視線という制裁が加えられる。私の友人はデートにこの店を使ったところ、男性の声が大きくて、Ｏさんに、

「もっと静かに喋れませんか」

と注意を受け、それが別れの一要因になったそうである。

青山のキラー通りにあり、入り口は本当にわかりづらい。暗い階段を下りていくと、小さい踊り場があるので、恋人たちはここでキスをすることになっている。が、

Oさんはちゃんとカメラで見ていたらしく、

「いいものを見せていただきました」

とふっと笑ったりしたものだ。友人何人かにOさんの訃報を伝えたところ、

「私の恋の思い出もなくなるのね」

というメッセージが来た。本当に寂しいね。

そしてふと気づいた。最近バーに行っていないということに。コロナの影響もあり、お酒を飲まないということもあるが、ちょっと前までも、皆で飲むのは居酒屋だった。居酒屋といっても、まぁ大人の集まりであるからちょっと高級なところ。あそこでことが足りていたのである。

今、若い人に聞くと、バーに行ったことがないという声が多くて驚いてしまう。カウンターごしにじっと見られるのもイヤだし、だいいち何を頼んでいいかわからないというのだ。

少し前までバーで飲むのはカッコいい女性の条件であったが、もうそんな時代ではないのかもしれない。

私はバーRでいろんなことを教わった。カクテルには、ロングとショートがある

とか、一杯のカクテルを、いったいどのくらいの時間で飲み終えるかとか。

何よりも会話には気を遣ったものだ。なにしろバーというところは、近い距離で人がいる。高級なバーなど、会話に入ってこないし、こちらから話しかけたとしても、さりげない短い返事があるだけだ。

だからこそこちらとしても、アホ話や人の噂話、悪口などを言えなかった。低い声で、最近見た映画や本の話なんかをする。それは相手の男性にしても同じだったろう。

通って五年、やっとＯさんから「ハヤシさん」と親しく話しかけてもらった時は本当に嬉しかった。

いつの間にか「背伸びする文化」がなくなったと本当に思う。バブルの時代にさんざん浸ってきた者としては、今の人たちの割り切り方、ドライさはとてもいいことだと見守っているつもり。

見栄なんか張らない。自分の分に合った生活をする、すべてがフラットな時代。ファストファッションだって素敵になっているし、居酒屋は安くておいしい。わいわい騒いで楽しめる。

けれどもあのバーRの、張りつめた静かな空間は、確かに私を大人にしてくれた。いつかここでちゃんとふるまえる人間になりたい。そしてOさんから、きちんと扱ってもらいたい、と考えたことは決して無駄ではなかったはずだ。

ここまで書いて、急にバーに行きたくなった。それも銀座の一流のバー。一分の隙もない服装のバーテンダーとサシで勝負したい。もう一人でもおじけづかないはずだ。自信がある。

（二〇二二年一月号）

自筆の手紙には、「心のはずみ」が同封されている

コロナでなかなか人と会えない時、私たちの間で復活したものがある。それは手紙だ。

たいていのことはメールで済ます世の中、親しい友人たちとはしょっちゅうＬＩＮＥでやり取りし合う。

しかし、お身内の方が亡くなりそのお悔やみを言ったり、何かのお礼を言ったりするのはやはり手紙でなくてはと、多くの人が気づいたようなのだ。

最近、私がちょっとしたあることをしてそのお礼の手紙が届いた。昔からの友人であるが、彼女の筆跡を見るのは初めてかもしれない。便せん二枚にわたるその手紙は、作法にのっとって「拝啓」、「かしこ」があり、しかもすごい達筆であった。

日頃はカジュアルな印象の人であるが、やはり育ちのいい人だなぁと思わずにはいられない。ものすごく忙しい人なのに、時間をかけて自筆で手紙を綴ってくれたことに素直に感謝した。

そして他にも封書が何通か届き、友人たちの思わぬ一面にちょっと驚いた。

こういうことを言うと、いかにもババくさいのであるが、この頃「心ばえ」という言葉を考えずにいられない。「心ばえ」。人はいったいいつ、そういうことを身につけるのだろうか。

例えばコンサートや歌舞伎のチケットをとってあげる。すると友人のほとんどは、当日美しい絵柄の金封に、まあたらしい紙幣を入れてもってきてくれる。

毎月必ず一緒に歌舞伎に行く若い友人に、

「私とあなたの仲なんだから、こんなことをしなくてもいいよ」

と言うと、

「そういうわけにはいきません」

と首を横にふる。

私もピン札を心がけているのであるが、なかなかそうもいかない時もある。そこいらへんにある封筒に入れたことも。

彼女を見ならって、素敵な金封を求めこの頃よく「鳩居堂」へ行く。季節の柄を描いたものが揃っていて、動物好きの人のためには、猫や犬の柄もある。

お店は女性客でいっぱいだ。私はここに来るたびに、日本の女性っていいなぁと思わずにはいられない。

ちまちまとしたものを愛していて、一枚のハガキや金封を買うためにわざわざここにやってくるのだから。何年か前のことになるのであるが、私にはかなり親しい友人がいた。40代の彼女は明朗で、一緒にいるととても楽しかった。

ある日、彼女は私に一枚のハガキを見せてくれた。

「私、ハヤシさんのトークショーに応募したの、ほら」

表書きを見て私は仰天した。そこには、「○○係」とだけ書いてあったからだ。「御中」という文字を知らないらしい。といっても、彼女は二人の子どもの母親だ。学校関係の書類を出したこともあったろうに……。

その反対のこともいくつかある。

赤ちゃんが生まれた。ささやかなものを贈ったところ、さっそくお礼の手紙がついた「内祝」が送られてきた。ややヤンキーがかったすごく若い女性だったのに、きちんと「内祝」と書かれた熨斗紙《のしがみ》を見ていると、心があたたかくなってくる。

こういうことはお母さんが教えてくれたんだろうか。

恥ずかしながら自分の結婚の時を思い出す。36歳という当時相当の晩婚であった。故郷を出て長いことたっていたし、全て一人でしてきた。だから披露宴だって何も相談することなく一人でやった。うまく出来ると自惚《うぬぼ》れていた。

当時は今のように情報誌もなく、ネットもない。私はかなりのミスを犯してしまった、と気づいたのはかなり後のことである。お世話になった方に失礼なことをした……と悔いても遅い。

そのため「出産祝い」には、かなり頭をしぼった。自筆の手紙にどんな意味があるの。ピン札を綺麗な金封に入れるなんて、その時間がもったいない、という人もいるであろう。「内祝」とか「御中」なんていらないものだ、という意見もあるに違いない。だが、そういう人は丁寧に書かれた手紙を受け取った時の、心のはずみを知らない人だ。「内祝」という文字を見た時のほっこり感もわからない。そしてそのことを実は心の中でちょっと焦っているのでは。そうでなくては「育ちがいい人――」うんぬんの本がベストセラーになるわけがないと私は思う。

（二〇二二年二月号）

第三章

要するに、トータルで幸せになればいい

かつて
「社会人」だった主婦には、
自分が思うよりも
はるかに高い価値がある！

幼なじみのＳ子から、ＬＩＮＥで写真が届いた。

「このあいだ中学校の同級生とご飯食べたよ。この頃みんなよく会うよ」

人間トシをとるにつれて、同窓会をやりたがる。本当にみんな仲よくなる。

思うにミエを張ることがなくなったからだ。今、口を開けば親の介護に、結婚しない子どもの愚痴となる。

かのトルストイの有名な言葉、

「幸福な家庭は似かよっているが、不幸な家庭はそれぞれである」

は、若い時に通用することであって、トシをとってくると不幸がみーんな似かよってきて興味深い。

20代の頃の同窓会は本当につまらなかった。エリートの座についた、彼らのさりげない自慢話を聞くからである。海外に出張したり、有名人と会う話などは、貧乏でうつうつと暮らしている私には、ただまばゆいばかり。

特にＳ子は四軒先という近所に暮らし、一緒にハナをたらして保育園に通っていた仲。小学校の時も大差なかったと思う。ところが中学校に入る頃から、めきめき相手は勉強が出来てキレイになった。そして東京の短大を出た後、ＪＡＬのスチュワーデスになったのである。教官を長年つとめ、定年までやりとげた。

今のＣＡさんとはまるで価値が違う。才色兼備の代表のようであったＪＡＬのスチュワーデス。その面影は今もあって、十数人の男女がいる中、彼女の顔だけがとても目立つ。メイクも服装もあかぬけているのである。

「ママと同い齢《どし》には見えないよ」

大学生の娘は何度も会ったことがある。

「顔が小さくてスタイルがいい。何よりも姿勢がすっごくいいんだよね」

若く見える秘訣はそれかもしれない……などと思っていたら、たまたま見ていた

「マッコ会議」で、JALスチュワーデスOGの特集をやっていた。

マッコさんがいちばん憧れ、なりたかったのは「JALのスチュワーデス」だったという。やっぱり。

「CAじゃないのよ。スチュワーデス！　CAになってからじゃ、まるで違うんだから」

と力説していた。そして出てくる元スチュワーデスさんは60代。美しいことに驚く。ぴしっと伸びた背中、口角の上がり方、きちんとした話し方、どこからどう見ても、元スチュワーデスなのである。マッコさんのきわどい会話にも、さらっと笑ってかわす頭のよさ。ほとんどが起業しているのにも頷ける。

前職がこれほど今の人生を決める職業も珍しいのではないだろうか。もう一つあげるとすれば女性アナウンサーであろうか。何百倍という競争をくぐり抜け、合格したら「美しくて知的」というお墨つきをもらったようなものであろう。私の友人にも元アナウンサーの女性が何人かいるが、みんなフリーで活躍していて、守備範囲が広くなるばかり。

スチュワーデス、女性アナウンサーというきらびやかな職業の後で、地味な私の秘書の話をするのは恐縮であるが、彼女の存在は皆から羨ましがられる。とてもきちんとしていて、仕事が的確だというのだ。確かに作家の秘書というと、パートタイマーの方が多く、中には「ちょっと……」と思う人もいる。

実はうちの秘書は、うちにくるまでさる大企業の副社長秘書であった。社長秘書は男性と決められているが、副社長秘書はこれぞと思う女性新入社員の中から選ばれ、徹底的に教育を受けたそうだ。ゆえに今でも電話の受け応え、お客対応などは完璧といってもいい。

何年かきちんとした社会人生活をおくった人は、素晴らしいスキルを身につけている。これは私のかねてよりの持論だ。そういう人は自分で考えているよりも、はるかに高い価値を持っている。そしてそれは自分で努力している限り、下がることはない。

私の知り合いの一人に、日本人なら誰でも知っている企業の社長がいる。その方はもともとその企業にいたのではなく、あまりにもすごい経歴のために社長に乞われたのである。とんでもないエリートの奥さんの中には、時々とんでもなく勘違いしている人がいるものだ。しかしその方の奥さんは非常に感じがよく、今も働いている。それは結婚前に勤めていた、某老舗セレクトショップである。先日その店に行ったところ、制服を着てその奥さんがちゃんといたのには、正直びっくりした。なんでも彼女めあてに買物にやってくる年配の顧客もいて、当分やめられないということだ。

働くということが、これほどポジティブにプラスになっている生き方、つくづくいいなぁと思わずにはいられない。

（二〇一九年九月号）

トータルで幸せになるためには、退けどきを考える、ペースを落とす

吉《よし》田《だ》都《みやこ》さんの引退公演を見に行った。

吉田都さんを知らない方はいないと思うが、わが国が誇る世界的バレリーナである。ロンドンのロイヤル・バレエ団で長く最高位プリンシパルとして活躍していらした。今は日本での活動が主だ。

舞台はとても素晴らしく、群集の一人として登場しても、都さんだけにライトがあたっているようだ。華がある。美しい。プリマというのは、こういう人なのだろうと思った。

引退して今度から新国立劇場の舞踊芸術監督となる。まだ53歳。

「あと十年ぐらいは、らくらく踊れそうだけどねー」

「でも自分でちゃんと退《ひ》けどきを決めたなんてすごい」

と友人がしみじみと言う。

「子どもの時から人生を賭けてきたものを終わらせるって、いったいどんな気分なのかしら。相当の覚悟ですよね。立派だと思う」

私より10歳年下の友人は、フリーアナウンサーとして働いている。大きな仕事もいっぱいしている人気者であるが、彼女はこの頃退けどきというものを考えているそうだ。

「私たち作家には退けどきというものがないからねー。寂聴《じゃくちょう》先生を見てわかるとおり、頭がしっかりしていさえすれば、死ぬまで書くこと出来るもん」

しかしそれは私の理想であり願望である。寂聴先生や佐藤愛子《さとうあいこ》先生は奇跡中の奇跡。

多くの先輩が亡くなったり、認知症になっていくのをこの目で見ている。90歳過ぎて仕事もいっぱいあり、しかも売れている、などというのは、このお二人ぐらいである。

「だけどマリコさんだって、いつか連載をやめなきゃならない時が来ますよね」

と彼女は喰いさがってくる。

「そうだねぇ、週刊誌二つ、もう三十年以上やっているけど、ひとつはやめる時はもう決めているよね」

が、新連載の話もたえず来る。ありがたいことである。作家というのは、引退宣言がない。仕事がなくなったら、静かに消えていくだけ。やがて本屋さんから、人の記憶から去っていく。

若い時、私は姑息《こそく》なことを考えていたことがある。それは落ち目と言われる前に、

「結婚を機にマイペースで仕事をします」

「子どものために、少しゆっくりと仕事をします」

と大声で言おうということだ。当時は結婚や出産というのは、そのようにとらえられていたのだ。

が、実際はそんなことはせず、もっと書き、働き続けてきた。ただミエのために。

しかし今ははっきりと思う。ペースを落としたっていいじゃないか。

「あの人は子ども産んだら、戦力からはなれた」

って言われたって、どうということはない。自分がその時、ペース配分をどうするかという話である。

広報の仕事についているのに、いつもあまり身のまわりに構わない女性がいた。いつも髪が乱れていて、メイクもなげやり、お洋服もファッショナブルといいかねる。彼女はある日こう言った。

「小学生と幼稚園児のお弁当をつくって、その後はダンナにまかせて、自転車こいで駅までいくの。もう必死もいいとこ」

それを聞いて、ちょっぴり彼女のことを、

「もうちょっとキレイにすればいいのに」

と考えていた自分を恥じたのである。

もうやる時は髪の毛をふり乱してやる。ファッショナブルな格好をしていなくても構わない。キレイなネイルや、素敵なアクセサリーといったものは、グラビアの中だけのものといったんは諦める。

子どもの手がはなれるようになったら、もう一度身づくろいをすればいいのだ。キレイになるのに遅すぎることはないのだから。

そしてがんばっていても、勤めていれば定年というものがある。そういう時には
ジタバタしない。私が見ている限り、女性の方がずっと頭よく素敵に定年を迎えて
いる。男性のようにつまらぬプライドを持つ人がいないからだ。

要するにトータルで幸せになればいい。私はそう考えている。幸せという定義も、
時代やトシをとれば変わってくるはずだ。一心不乱に仕事をしなくてもいいと思う。
私にもそんな日が早くやってきますように。

（二〇一九年十月号）

「居酒屋」が、多忙で疲れたニッポンのママたちを救う！

今年の夏休みは大変であった。

どこにも遊びに出かけずうちにいた。そしてひたすら夫のために、昼食と夕食をつくり続けたからである。

「そんなことあたり前じゃないの」

と、主婦の方から叱られそうであるが、私は普段はとても忙しい。よってウィークデイはお手伝いさんを頼んでいる。料理をするのは週末だけだ。

が、今年のお盆は、お手伝いさんから、

「孫たちが来るので休ませてください」

と早めに言われていた。そんなわけで、洗濯も掃除もやり、食事をつくり続けたのである、十日間。いや、二回くらいは近くの店に出かけたかもしれない。が、昼間は毎日つくった。

焼きそば、チャーハン、そうめん、夫の大好きな冷やし中華、といった簡単なものばかり。が、本を読んでいたり、原稿を書いていても、十一時半過ぎると中断しなくてはならないのには、つい愚痴がこぼれる。

夕飯前は必ず買物に出かけた。運動不足解消を兼ねて、駅前のスーパーに行くのだ。今年の夏は信じられないほど暑かった。夕方でも陽ざしは強い。おまけに駅からうちまでは急な坂がある。あまりにも急なために、うちにやってくる編集者の方々は、ワンメータータクシーに乗るほどだ。

そしてスーパーの袋を置くのもつかのま、おかずをつくり始める。そうたいしたものをつくるわけではないが、揚げたり煮たりして一時間はかかる食事の用意が出来ると、夫は自分の部屋から下りてきて、「おいしい」も言わずに食べる。この間十五分。そして後から食べ終わった私は、洗いものをして台所を片づける。ここでまた一時間経過。

「なんでダンナは何もしないのか」

と言う人もいるだろう。私もそう思う。が、ここでガタガタ言っても仕方ない。年齢的にも無理だった。最初甘やかした私がいけない。責任は私にある。今さら喧嘩《けんか》をする気もないし。

しかも不器用な私は、食器を洗うのもとても時間がかかる。そして洗いながら考える。毎日こういうことをしている女の人って、なんてエラいんだろう。しかも子育てをしながら。つくづくそう思う。

だから多少手抜きをするのはあたり前ではないか。それなのに、ちゃんと出汁《だし》をとれだとか、野菜をもっと出せとか、うるさいったらありゃしない。

私が時々行く台湾は、外食がふつうである。朝からみんな外で食べる。街角には小さな食堂があって、そこでおいしい野菜炒めやスープを食べさせてくれるのだ。お粥屋《かゆや》さんに行ったら、おかずが何種類も並んでいた。それをお盆にいっぱい盛ってテーブルに着くと、おばさんが熱々のお粥を運んでくれる。これはいくらでもおかわりが出来る仕組みだ。家族連れでいっぱいだった。

日本でこのお粥屋さんにあたるのが、居酒屋かもしれない。この頃、子ども連れ

にも来てもらえるようにメニューにも工夫している。小さなオモチャをくれるところもあるようだ。昔は、

「子どもを居酒屋に連れてくるなんて」

と目クジラを立てる人もいただろうが、今はそんなこともないはずだ。ちなみに台湾のお粥屋さんではアルコールを出さないから、客の回転も速い。だから安価で食事を提供出来るようであるが、まあ、日本の居酒屋文化はもう確立しているのだから仕方ない。

時々ママ友と子どもたちというグループがいて、お母さんたちがお酒と自分たちの話に夢中、というケースもあるが、これは大目に見よう。

話がそれた。今回、なんの話をしたいかというと、日本の女の人というのは、少し食事に真面目過ぎるのではないかということだ。

世界中調べているわけではないから断言は出来ないが、旬のものを使って、和中華にイタリアンまでつくり、器にまで凝るのは日本だけではないだろうか。昔、アメリカの家庭に、何度か泊めてもらったことがあるが、かなりのお金持ちでも「ウソーッ！」というぐらい質素であった。フランスのおうちも似たようなものであっ

たと記憶している。

「食事が子どもをつくる。親が手をかけた料理こそ最高」という呪縛が、どれだけ女の人を疲れさせているか。じゃあ、台湾やシンガポールの子どもに問題児が多いか、というとそんなことはない。

時間をかけられず、買ってきた惣菜でも冷凍食品でも何ら後ろめたく思うことはない。その気になった時だけはうちで手をかけた料理をつくる。自分の楽しみとして。そう、疲れたら堂々と居酒屋へ行こう。

（二〇一九年十一月号）

大人になっても、やみくもに痩せることだけを考えている女たちへ

即位の礼の報道を見て、誰もが皇后雅子さまの美しさに感嘆したことであろう。若い時もお綺麗だったが、今の方が人を感動させる美しさがある。いろいろなご苦労や葛藤《かっとう》をのり越えられ、人間としての深さがお顔に現れておられるようだ。あの笑顔は本当に素晴らしい。

それと私は、中年に近づかれ、ややふっくらしていらしたことも大きいと思う。鋭角的なところが消えて、皇后にふさわしい貫禄がついた。

これは私見であるが、雅子さまのような彫りの深い美人は、多少ふっくらされた方がいいような気がする。オーラがますます強くなり、全体のバランスがとれるの

だ。

　ところで世の中のたいていの女は、やみくもに痩せることだけを考えている。

　つい先日、知り合いの女性に会った。彼女は50歳。バリバリのキャリアである。背の高いなかなか綺麗な女性なのであるが、どうも印象が違う。髪がパサパサ、肌は荒れていて、いったい何があったのかと思っていると、

「糖質制限ダイエットで十キロ痩せたの」

　とすごく得意そう。

　親しい仲だったので、つい私は本当のことを口にした。

「あなたなんか、全く痩せる必要ないじゃないの？」

　しかし言ったのが私のせいか、まるで意に介さない。

「でも痩せてよかった」

　の一点張りなのだ。そこにいた別の女性と帰ったのであるが、

「あれ、かなりヤバいよねー」

　ということになった。生気もなく、女らしい美しさも消えていたのである。

　そういえば、今から十年近く前のこと。私は肥満専門のクリニックに行き、もの

すごーく痩せた。いろいろな薬と、糖質制限で今よりも二十キロ近く痩せたのである。

当人は大喜びしていたが、うちの秘書のところにはいろんな人から電話がかかってきたという。

「顔が土気色《つちけいろ》で、すっごくヘンです。何とかしてあげて」

拒食症にかかっている人は、まわりの人が何を言っても聞く耳を持たない。ガイコツみたいになっても、自分は美しくなったと信じ込んでいるという。

痩せたといっても、拒食症とはほど遠い体重であったが、それでも私は人の言うことをまるで聞かなかった。

「こんなに痩せてキレイになって、いったい何が悪いの？」

と居直っていたのであるが、実はまるでキレイではなかったらしい。人気テレビ番組、アン ミカ先生の指導による「パリコレ学」を楽しみにしていたが、パリコレのモデルたちは、体重と身長の体格指数ＢＭＩが、一定基準にいかないとはねられるというので本当にびっくりした。痩せていないとダメ、というのではなく、むしろその反対。ガリガリのモデルだと、世の中の女性に悪影響を与えるからというのである。

　世の中もやっと、痩せ過ぎの弊害について気づいたのであろう。ある統計によると、今の若い女性は、終戦直後のものが無い時代よりも、ずっと痩せているというのだ。

　おっかない話であるが、中年を過ぎると、女性は二手にわかれるようである。私のように諦める派と、努力する派である。この努力する派は、本当に頑張っていてすごい。一緒にご飯を食べに行っても、

「料理からも小麦粉いっさい抜いてください」

　なんていうことを平気で言う。お酒は飲まずミネラルウォーター。もちろんジムに通っているのだが、その回数がハンパない。週に五回行っているというので、

「その時間があったら、別のことが出来るんじゃないの」

　とつい口走ってしまった。

　お金持ちの奥さんで、時々とんでもないガリガリ女性がいる。鍛えているので、冬でも必ずノースリーブ。ミニをはいている。そういうのが悪いと言っているのではない。ただ、体型や顔立ちによっては、痩せる必要がない人までいるのではない

だろうか。

「類は友を呼ぶ」とはよく言ったもので、私の友だちは食べるのが大好きなふっくら女性ばかり。その中の一人は、丸顔で本当に愛らしく、年よりもずっと若く見える。ダンナさんにも愛されて、幸せ感に包まれ、彼女の痩せた姿は想像も出来ない。などということを、この私が言ってもまるで説得力がないことであろう。私が言いたいのは「ほどほど」ということ。太る、痩せるに必要以上にふりまわされないこと。

私は今「ほどほど」を過ぎているので、とても反省しています。はい。

（二〇二〇年一月号）

「美を惜しみなく与う」
プロに、
熱狂する時代

田中《たなか》みな実《み》さんの人気がすごいことになっている。写真集は七十万部売れているそうだ。テレビにも出ずっぱりといってもいい。番組の中で、

「どうしてこんなに人気があるのか」

とサイン会に来た人にインタビューしていたら、

「すごく努力していて、その成果ややり方を惜しみなく教えてくれるから」

という返事が返ってきた。

美しくなる秘訣をちゃんと教えてくれる人、というのは、いつの時代でも人気である。不動の地位を持つ君島《きみじま》十《と》和《わ》子《こ》さんに、今だったらアン ミカさんなんかがい

る。みんな親切にいろんなことを伝授してくれる美しい人たち。

私は仕事柄、いろんな方にお会いするが、女優さんは案外秘密主義だ。

「うちに帰ると、ざぶっと顔を洗ってすぐ寝ます。ものぐさなんで、ジムなんかにもめったに行きません」

とお答えになる方がいて、本当かなーと思う。詳しい人が言うには、

「女優さんは、ＣＭやいろんなしがらみで、使っている化粧品のことは口に出せない」

とのこと。ふつうの女性でも、教える人と教えない人がいて、私は前者の方である……と書くと、

「ちょっとォ、あなたに何を聞くのよ!?」

と叱られそうであるが、これは本当。私は対談の仕事を持っているのであるが、会う女優さんやタレントさんに、最近すごい確率で、

「ハヤシさん、いったい何をやっているの」

と尋ねられる。

「エステにも行くけど、すごーくいいマシーンを見つけました」

ついでに、

「〇〇さんもそのサロンには、こっそり通っていますよ」

と大物芸能人の名をあげると、相手の目は真剣に光る。

「あとから、そのサロンを教えてくれませんか」

とLINEを交換したことは、一度や二度ではない。

たかだか肌の弛みがないとか、シワが少ない、とかいう話である。こんなことぐらいいくらでもお教えしますと、美人と言われたことのない私は嬉しい気分になる。こんな美女たちに、私がお教えする機会がくるなんて。

しかし私は当然のことであるが、聞かれなければ答えない。あちらから「どうしてるの」と尋ねられなければ、ひと言もそんなことは言わない。あたり前のことなのに、ふつうの女性同士だと、これをやらない人たちがいる。

「ねぇ、ねぇ、私、この頃、お腹の脂肪にすっごくいいサプリメントを見つけたんだけど」

といきなり言われて、ムッとしたことがある。私は確かにお腹のお肉に悩んでいますが、それについてあなたに相談しましたっけ？

私の場合、黙っていてもダイエットの情報は、そこいらからやってくる。知り合いはもちろん、知らない人からも、

「これが最後のチャンスだと思いますよ。私が痩せさせてさし上げます」

あんたはライザップか、という気分だ。

直《じか》にその人から聞かれない限り、ふつうの人は美容に関して余計なことは言わない方がいいのだ。

「○○によく効く方法を知っている」

と言うことは、

「あなたは○○に悩んでいるでしょう」

と、ずばり指摘しているようなものである。ところで私が、最近「美容の師」と呼んでいる人がいる。美容機械を輸入して、サロンに卸しているから、その知識はハンパない。そして具体的である。

「頬に、シミをつくりましたね。これは代官山の○○クリニックの○○先生がいちばんうまいですよ。レーザーですぐに落としてくれます」

「サーマクールがいちばんうまいのは、恵比寿の○○先生。料金もリーズナブルで

いいですよ」

冒頭にのべた、弛みやシワを少なくするマシーンを紹介してくれたのも彼女なのである。商売抜きで、本当にいい情報だけを教えてくる。

「私は女の人がキレイになってくれるのが、いちばん嬉しい」

こういう人が芸能人の中にも時々現れ、そして熱い支持を得ていくのだろう。

そう、そう、私はメイクアップを教えてくれるプロも好きだなぁ。時々一流の人が、ホームパーティーにいらしていて、誰かが頼むと気軽にメイクアップレッスンをしてくれることがある。これこそ無償の愛だと私は思う。


（二〇二〇年五月号）

結局、私が私であるためには、まわりに認められるほどの努力が必要なのだ

以前にもお話ししたと思うが、何年かぶりに頬に大きなシミをつくってしまった。私はこれを〝コロナシミ〟と名づけた。

マスクをしていたことに油断して、ほとんど化粧しなかったのだ。人と会ったり、写真を撮る仕事の時はさすがにメイクをしたが、普段は全く手を抜いていた。

スーパーや駅前に行く時は、眉も描かないズボラさであった。その結果が、十円玉ぐらいのかなり目立つシミである。

よくあることであるが、夏につくったシミは秋に浮上した。あわてて高い美容液をつけたが効果はない。

「美容クリニックに行って、レーザーをかけてもらったら」

とアドバイスしてくれる人がいたが、まだ行っていない。痛そうだしお金もかかりそう。それにマスクをすれば、シミなんて隠れるし……とこう終わるからひどい話である。

顔の手入れはそれなりにしていたつもりであるが、化粧をしない、ということがこれほど肌と心を弛緩させていたとは……。化粧が女性に与えるものは、私の想像をはるかに超えていたのである。

そんなある日、新聞を読んでいたら、化粧をやめた女性の記事が載っていた。この人は若い時からメイクが嫌いだったらしい。しかし職場の人から、

「化粧ぐらいしたら」

と言われ、しぶしぶとやっていた。が、最近いろんなことがあり、メイクをやめたことで、

「やっと私らしく生きられる」

ようになったと、この新聞らしくまとめていた。

これを読んで、あのねーとため息をついた私。こういう〝こじらせ女子〟の
「私らしく生きられる」

っていったい何なんだろうか。私らしさというのは、化粧をする、しないでそれほど左右されるものなのか。

化粧をしたくなければしなくたっていい。髪はいつも綺麗に整え、スッピンでもＯＫぐらいの肌を持っていたら、お化粧しなくても人は何も言わないであろう。しかしそんな人は極めてまれだ。髪はバサバサ、肌はシミだらけであったら、会社の人は、

「化粧ぐらいしたら」

と言うに違いない。実はこの私も若い頃、身のまわりに全く構わないズボラ女であった。流行にも全く関心がない。いつも同じニットに、スカート、あるいはパンツであった。フリーターなら許されたかもしれない格好であるが、当時私はコピーライターのハシクレであった。

「少しはこういうもん読んで勉強しろ」とファッション雑誌を投げつけられると、

「私は外見なんかどうでもいいと思います。ファッションセンスを持っていれば、流行追わなくたって、いいんじゃないですか」

寝言もいいとこである。ファッションセンスのある人は、たとえニットとデニムの単品コーデでもオシャレなのである。

そう、化粧をしない女性の記事であるが、

「いつか、女性が化粧を無理強いされないような、自由に生きられる世の中になってほしい」

というフレーズも、彼女の不満は、やがて「女性」という主語にすり替えられていくのである。

先日面白いネット記事を読んだ。

「私が」とすればいいところを「女性が」とするのが、こじらせ女子の特徴だというのだ。

「私はこう思った」

とすればいいところを、

「女性はこう思う」

と話をふくらませ、社会問題へと持っていこうとする。そうすることによって、どんどん自分を追いつめていくのではないかと私は思う。

さっきの話も、

「私は化粧が嫌いでしたくない」

でいいのではなかろうか。もし化粧を強制する上司がいたら戦う。

「女性だからしなくてはいけないことに抗議」

ではなく、

「私は絶対にしたくありません。イヤなんです」

とつっぱねる。変わり者と思われて世間からは浮くだろうが仕方ない。その代わり仕事はちゃんとして、皆に存在意義は認めさせる。変わり者となるからには、多少の努力が必要だ。

私は自分で変わっているとは全く思っていないが、昔からそう言われ続けてきた。でも「女性は」とは極力言わなかったつもり。

（二〇一一年三月号）

不倫女に「負けた！ ごめんなさい」と言わせる妻とは

40代で急死した友人がいる。私は彼の奥さんもよく知っていたので、お通夜で顔を見るのが本当につらかった。

ところが最近、ある人と話しているうち、

「彼は恋愛していたから、あの頃いろいろ大変だったんじゃないの」

と聞かされ、びっくりした。

真面目な、それほど面白味もないサラリーマン。そんな彼に妻以外の女性がいたとは。そしてつくづく思う。

世の中の男性って、かなりの確率で不倫をしているんだなぁ。

有名人は叩かれるが、ふつうの人にとって、不倫はそう高いハードルではないんだなぁ。

今は『恋する母たち』というコミックがベストセラーになり、不倫する妻たちが取り沙汰されるが、きちんと統計をとれば男性の方がはるかにしている人は多いであろう。

女性は子育てをしている最中は、とてもそんな余裕がない。仕事をしていればなおさらだ。

そりゃ、お金がある優雅で美しい若奥さんはいっぱいいるけれども、まぁ、たいていのワーキングママたちは髪をふり乱している。うちの近くに保育園がいくつもあるが、毎朝、通勤前に預けるママたちとすれ違う。みんなママチャリに乗り、スーツ姿で必死にペダルをこいでいる。

私はそれを見るたび、

「もう少しの辛抱《しんぼう》だからがんばって」

と密かに声援をおくっているのであるが、一方パパたちはどうだろうか。イクメンも多い昨今であるが、うまくやりくりすれば女性とデートぐらい出来るのではないか。日本の社会はまだそういう構造になっている。

さて、私の女友だちの中には、不倫を経験している人が実に多い。クリエイティブな仕事をして、独身でお金もあり魅力的。それに世間とはちょっと違うモラルの中で生きているのも事実。

ある漫画家さんが、

「人さまのものは、洗って返せば大丈夫」

と描いていて笑ってしまった。

私の友人はキッタハッタの大不倫をして、それはかなりまわりのひんしゅくを買った。妻と別れて結婚する、という約束を破った相手のことを、あれこれ暴露したのである。

この彼女がお酒を飲んでいる最中、

「当時どうしても諦めきれず、こっそり彼のうちに行ったの」

とうち明け、私たちはぞーっとしてしまった。それってストーカーではないか。

「ただちょっと、彼のうちを見たかっただけ。彼の奥さんも」

これは不倫している女性がいちばんしてはいけないことであるが、とにかく彼女は見たかったのだ。

「そうしたら奥さんがうちから出てきたんだけど、サバの干物みたいな人で、あれを見たら、すぅーっと熱が冷めたの」

聞いた私は、ずっと長くその言葉を胸にとどめておいた。小説家というのはイヤらしいもので、何年かたてばしっかり使わせてもらう。

『最高のオバハン 中島ハルコ』の中で、主人公のハルコさんは言う。

「不倫を思いきるいちばんいい方法は、相手の奥さんを見ることよね。たいてい自分より落ちる女だから、がっかりしちゃうのよ」

ひどい言葉である。さらに、

「馬鹿な女になるとね、わざわざ自宅に行って奥さんを見るけど、あれは絶対にしちゃダメよ。行ったこと自体でみじめになっているし、どんなうちにでも行ってみれば、やたら幸せそうに見える。そこで〝勝負あり〟になっちゃうのね」

ドラマは不特定多数の人が見るので、こういう過激な言葉は使えない。ドラマを見ていると、ハルコさんは奥さんの方にも、実に深い思いやりを見せている。奥さんの方は、疲れたさえないおばさんを、女優さんが演じているのであるが、

「ほらね、長い間不倫でつらい思いしても、相手の男の女房は、あんなレベルなの

よ」

などと言いはしない。

定評ある有名な女性脚本家の方が、実にやさしくまとめてくださっているのである。その代わり、

「不倫をするなら守らなければいけない四ヶ条」

という項目をオリジナルでつくられ、これには大きくうなってしまった。ネットでも「身にしみる」と大好評だ。結局何を言いたいかというと、不倫している女がこっそり見にきた時、「負けた！ごめんなさい」と言わせる妻にならなければいけない、ということである。

世の中、陰で何が起こっているか本当にわからない。目に見えないものは意外にもいろいろある、という覚悟さえあればなんとかなるのだ。

（二〇二一年六月号）

人にあれこれ言わせない。カラダも、ファッションも自分の好み次第！

机まわりを片づけていたら、古い写真がいっぱい出てきた。たいていが外出先で、知り合いと撮った写真だ。

自分があまりにも痩せていることにびっくりする。子どもを産んだ後ぐらいだと思うが、ダイエットに成功していた頃。50代にも一回〝痩せ期〟がある。顎がとがっていて首まわりもすっきり。隣りの女性よりずっとスリムだ。

私の人生、「デブ期」が七割、「痩せ期」が三割ぐらいであろうか。痩せていた時期も結構あるのだが、人の記憶というのはいちばんインパクトがある時で止まっている。だからずうっと私は「デブの人」ということになるのだ。

今もそれなりに努力はしているのであるが、効果は少ない。

とまぁ、いつもの愚痴はそれまでにして、東京オリンピックの話題だ。思想的なことは置いとくとして、多くの人が再認識したのは、筋肉の美しさではなかろうか。特に陸上競技の女性選手にはシビれた。すうーっと伸びた脚に、腕のフォルムの綺麗なこと。ムダなものがいっさいなくて、体の機能がむき出しになり、それが磨かれてピカピカに光っている、という感じであろうか。

あんな風になりたい、と思ってもなれるはずはないから、ただ憧れているだけ。オリンピック選手になるというのは、超人的な肉体と精神力を持っているということであろう……と思うと、試合後のインタビューで、とてもお茶目な一面を見せる。ふつうの若い女性だ。トレーニング中はおそらく別の人格になるということなんだろうか。

私にはそういう要素が一ミリもないので、ただただ感嘆するのみなのであるが、公園や皇居のまわりで黙々と走っている女性がいる。ランニングウエアにサングラス。いでたちも本格的だ。まるで修行僧のように長く長く独りで走る。

そうかと思えば、ジムでダンベルを上げている女性。単なるボディ・メイク、などというものを超えたトレーニングだというのは、その厳しい顔つきやウエアからもわかる。おそらく私が知り得ない、精神的昂ぶりと肉体の成果の相乗効果による、大きな快楽を手に入れているのだろう。

私は十五年前のことを思い出す。かのマドンナが来日して、東京ドームで公演を行った。それを間近で見ていた私は、彼女の鍛え抜かれた肉体にびっくりした。まるでアスリートのような筋肉なのだ。

そのことを男友だちにメールで話したところ、こんな感想が返ってきた。

「あんなムキムキな体、抱くにはちょっとね……」

同じような感想を幾《いく》つかもらった。中の一人はこんなことを言ったものだ。

「中年の女性は、やっぱりぽっちゃり肉がついてた方が絶対いいよ。ノースリーブの二の腕がちょっと揺れるさまはぞくぞくする」

そのたびに、デブの私がちょっと嬉しくなったのは事実。

「そうよねー、そうよねー、やっぱり女性は少しぐらいお肉がついてなきゃね」

が、今はこんなことを口にする男性は、全くといっていいほどいなくなった。少なくとも私のまわりにはいない。

女性の肉体が「抱く気を起こさせ」たり、「ぞくぞくさせる」ものではないことを、皆がわかってきたから。心の中でそれを感じたとしても、露骨に口にすることは教養のない、意識の低い人、ということになってしまう。

私は決してフェミニストではないけれど、この数年の大きな変化のさまは歓迎している。女性の肉体は、本人の生き方と好みによるもので、他人にあれこれ言われたくない、という大きなうねりだ。女性の容姿に関する感想は、セクハラということになってしまう。

今回のオリンピックは、ジェンダーフリーという考えをも加速させた。開会式の際、ＭＩＳＩＡ《ミーシャ》が着ていたドレスは、とても可愛らしくて評判をよんだが、あれはＬＧＢＴを表しているんだとか。

そのドレスをつくったデザイナーさんが、テレビで紹介されていた。過剰なぐらいのフリルを使った衣裳を、彼はふつうのおじさんにも着せる。年齢や性別は、いっさい関係ないというのだ。

夜の広場でのファッションショーでは、ピンクや青の、わた菓子のようなフリルドレスを着ていろんな人が歩く。正直、キレイか？　と問われれば私はかなり引く。

ＭＣの人が叫ぶように、

「素敵ですねー」

とは言えない。しかし女性にとって確実にいい時代がやってきたことは確かなんだ。

（二〇二一年十月号）

日々あくせくしている自分を癒す、「可愛い」のチカラ

最近若い人のヘアサロンに行くようになり、髪型が変わった。強めにパーマをかけてソバージュにしたのである。これがとても便利。今までブロウがヘタな私は、週に二回から三回、近くの美容室に通っていたのであるが、自分でアレンジ出来るようになった。

丁寧にトリートメントをして、ヘアオイルをたっぷりつけてからドライヤーをかける。夜、これだけのことをしておけば朝も大丈夫。かなりはねていても、水を手のひらにのせてそこにまたオイルをのせる。そして髪になじませ、くしゃくしゃっとする。

すると何だか若々しい髪が出来上がるではないか……と考えていたのであるが、

ある時友人からＬＩＮＥが入った。

「今朝ハヤシさん、うちの前でテレビのインタビューを受けてたけど、あの髪はわざとそうしているのか。それとも寝起きであんなにぐしゃぐしゃなのか。奥さんと話し合っているんだけど」

　私はむっとして答えた。

「ああいうヘアスタイルなんですけどね！」

　私としては浅《あさ》田《だ》美《み》代《よ》子《こ》さんを真似ているつもりなんだけど。

　女優の浅田美代子さんのオシャレぶりにはいつも脱帽だ。本当にセンスがよくて可愛らしい。ソバージュの髪もよく似合っている。このあいだもニットに柄のフレアスカートが本当に素敵でため息が出てしまった。つくづく思うのであるが、大人の可愛らしさというのはなんてむずかしいんだろうか。きりっとスーツが似合う中年の女性もいるし、カジュアルなスタイルが決まっている女性も多い。この『ＳＴＯＲＹ』の読者などまさにそうだろう。

　しかし「可愛い」というと、突然おかしなことになってしまう人のなんと多いことか。

私はトシをとってよくわかったことがある。それは昨年着ていたものが、次の年には全く似合わなくなってしまうということだ。

プラダのＴシャツやカーディガンが、大好きでよく買っていた。造花がいっぱいついたＴシャツ、リボンで結ぶカーディガン。それが次の年に取り出すと、まるで似合わない。鏡の中にいるのは、ヘンに若づくりしたおばさんではないか。

つまり老けというのは、いちどきにやってきてお洋服を拒否するのである。しかし不思議なことに、トシをとるとなぜか可愛いものを求める気持ちも強まっていくのだ。

先日通りすがりに、ウィンドーの中に白いスカートを見つけた。オーガンジーの上に、マーガレットの小さな花が縫いつけられている。

なんて可愛いの。

ところが当然のことであるが、試着したところサイズがきつくて、へんに拡がって断念してしまった。しかしこのスカートはどうしても手に入れたい。

そう高い値段でもなかったので、娘が着るかもしれない、ということで購入した。しかしシンプル派の娘は見向きもしない。どういうことになったかというと、他のものと一緒に、山梨の親戚のうちに行くことになった。ダンボールに入れられて。同じようなものを買ったことを思い出した。ある時、ブランド品のバーゲンに行った私。そこで一枚のブラウスを発見した。白いロングサイズで、袖口と胸からまっすぐに、小さなマーガレットの造花がつけられている。マーガレットにとても弱い私。ドルチェ&ガッバーナで、かなりの値段だったにもかかわらず買ってしまった。

　が、これも娘に拒否された。といっても山梨の親戚送りにするには、あまりにも惜しい。バーゲンといえども高かったのだ。

　そしてそのブラウスは、家のクローゼットに四年間眠っていた。見るたびにマーガレットがしなびていくような気がしてせつなかった。

　しかし幸いなことに、私の秘書が代わった。彼女は25歳という若さ、このブラウスを喜んでもらってくれたのだ。

　先日、結婚相談所の所長に取材したら、こう教えてくれた。

「ハヤシさん、うちの見合い写真を撮る時は、可愛いワンピースに着替えてもらいます。モード系はダメ。可愛くなきゃダメなんです。こういう相談所にくる男性は、可愛さだけを求めます。センスじゃありません」

もしかすると私の可愛い好きは、男性にモテたかったという深層心理が働いているのか。

いや、そんなことはない。

仕事にあくせくしている自分を、どこかで拒否しようとしているのではないか、とあれこれ考えるのである。

そして新たな冒険を始める私。これからどんな服を着るのだろうか?

（二〇二二年八月号）

初出「STORY」
二〇一九年五月号～
二〇二二年八月号

林 真理子

Mariko Hayashi

1954年山梨県生まれ。日本大学藝術学部を卒業後、コピーライターとして活躍。'82年エッセイ集『ルンルンを買っておうちに帰ろう』がベストセラーとなる。'86年「最終便に間に合えば」「京都まで」で第94回直木賞受賞。'95年『白蓮れんれん』で第8回柴田錬三郎賞受賞。'98年『みんなの秘密』で第32回吉川英治文学賞受賞。『不機嫌な果実』、『anego』、『私のこと、好きだった?』など現在を生きる女性を鮮やかに描き、常に話題となる現代小説から『白蓮れんれん』などの評伝、『美女入門』をはじめとするエッセイ集まで旺盛な執筆活動を展開。'18年には紫綬褒章を受章。2022年7月に日本大学の理事長に就任。近著『我らがパラダイス』が2023年にNHK BSプレミアム・NHK BS4Kにてテレビドラマ化。

四十雀《しじゅうから》、跳《と》べ！

2023年5月30日　初版第1刷発行

著　者　林《はやし》 真《ま》理《り》子《こ》

発行者　河合 良則

発行所　株式会社　光文社

〒112-8011　東京都文京区音羽1-16-6

電話　STORY編集部03-5395-7231

書籍販売部03-5395-8116

業務部03-5395-8128

組版・印刷・製本所　共同印刷株式会社

落丁本・乱丁本は業務部へご連絡くだされればお取り替えいたします。

ISBN978-4-334-95381-2

この本を読まれてのご意見、ご感想をお聞かせください。

storyweb@kobunsha.com